AF555047

Cl. Duflos Sculp.

SAINT LOUIS ROY DE FRANCE

Roys, Louis est vôtre modéle,
Il regnoit, mais du tout Puissant
Il étoit le Sujet fidele :
C'est s'élever en s'abaissant.

Paris chez Chereau rue S. Jacques

L'OFFICE DE *SAINT LOUIS*, ROY DE FRANCE, ET *CONFESSEUR*.

A L'USAGE DE MESSIEURS les Marchands Merciers, Grossiers, & Jouailliers de la Ville de Paris.

A PARIS,
De l'Imprimerie de JACQUES CHARDON, rue Galande, à la Croix d'Or.

M. DCC. XLIX.

Ce Livre a été imprimé le 9 Juillet 1749, étant en Charge :

MESSIEURS,

HENRY MILLON, *Grand Garde.*

Pierre DE VARENNE,	*Gardes.*
Emmanuel-François GOBERT,	
Pierre HENRY,	
Georges-Bertrand BEUSELIN,	
François ROLIN,	
Jean-Charles BOUCHER,	

L'ORDINAIRE DE LA SAINTE MESSE.

Le Prêtre étant au pied de l'Autel, fait le signe de la Croix, & dit ce qui suit avec les Ministres qui lui répondent.

Au Nom du Pere, & du Fils, & du Saint Esprit. Ainsi soit-il.

In nomine Patris, & Filii, & Spiritûs Sancti. Amen.

JE me présenterai à l'Autel de Dieu.

INtroibo ad Altare Dei.

℟. Du Dieu qui réjoüit ma jeunesse.

℟. Ad Deum qui lætificat juventutem meam.

Seigneur, soyez mon Juge, & séparez ma cause d'avec celle de l'impie : délivrez-moi de l'homme plein de tromperie & d'injustice.

Judica me, Deus, & discerne causam meam de gente non sancta : ab homine iniquo & doloso erue me.

℟. Car vous êtes

℟. Quia tu es,

Deus, fortitudo mea, quare me repulisti ? & quare tristis incedo, dum affligit me inimicus ?

mon Dieu & ma force : pourquoi vous éloignez vous de moi ? Pourquoi me laissez-vous dans la tristesse & dans l'oppression de mes ennemis ?

Emitte lucem tuã, & veritatem tuam : ipsa me deduxerunt & adduxerunt in montem sanctum tuum, & in Tabernacula tua.

Envoyez-moi votre lumiere & votre vérité, pour me conduire & m'introduire sur votre Montagne sainte, & dans votre Tabernacle.

℟. Et introibo ad Altare Dei, ad Deum qui lætificat juventutem meam.

℟. Et je me présenterai à l'Autel de Dieu, du Dieu qui réjoüit ma jeunesse.

Confitebor tibi in cythara, Deus, Deus meus : quare tristis es anima mea, & quare conturbas me?

Je chanterai vos louanges sur la harpe, mon Seigneur & mon Dieu : pourquoi mon ame, êtes-vous triste, & me troublez-vous ?

℟. Spera in Deo, quoniam adhuc confitebor illi, salutare vultûs mei, & Deus meus.

℟. J'espere en Dieu, car je le louerai encore, parce qu'il est mon Seigneur & mon Dieu.

Gloria Patri, &

Gloire soit au Pere,

au Fils, & au Saint-Esprit.

℟. Aujourd'hui & toujours, & dans tous les siécles des siécles : comme elle étoit dès le commencement, & dans toute l'éternité. Ainsi soit-il.

Je me présenterai à l'Autel de Dieu.

℟. Du Dieu qui réjoüit ma jeunesse.

Filio, & Spiritui sancto.

℟. Sicut erat in principio & nunc & semper, & in sæcula sæculorum. Amen.

Introibo ad Altare Dei.

℟. Ad Deum qui lætificat juventutem meam.

Ce Pseaume ne se dit point aux Messes des Morts.

Notre secours est dans le Nom du Seigneur.

℟. Qui a créé le Ciel & la terre.

Je me confesse à Dieu Tout-puissant, à la bien-heureuse Marie toujours Vierge, à saint Michel Archange, à saint Jean-Baptiste, aux Apôtres saint Pierre & saint Paul, à tous les Saints, & à vous mes Freres, parce que j'ai

Adjutorium nostrum in nomine Domini.

℟. Qui fecit cœlum & terram.

Confiteor Deo omnipotenti, Beatæ Mariæ semper Virgini, Beato Michaëli Archangelo, Beato Joanni Baptistæ, Sanctis Apostolis Petro & Paulo, omnibus Sanctis, & vobis Fratres, quia peccavi nimis, cogitatione, verbo & opere : meâ culpâ, meâ culpâ, meâ maximâ culpâ. Ideò precor beatam Mariam semper Virginem, beatum Michaëlem Archangelum, beatum Joannem Baptistam Sanctos Apostolos Petrum & Paulum, omnes Sanctos, & vos Fratres, orare pro me ad Dominum Deum nostrum.

grandement péché par pensées, paroles & actions ; par ma faute, par ma faute, par ma très-grande faute ; c'est pourquoi je prie la bienheureuse Marie toujours Vierge, saint Michel Archange, saint Jean-Baptiste, les Apôtres saint Pierre & saint Paul, & tous les Saints, & vous mes Freres, de prier pour moi le Seigneur notre Dieu.

℟. Amen.

℟. Ainsi soit-il.

Misereatur tuî omnipotens Deus ; & dimissis peccatis tuis, perducat te ad vitam æternam.

Que Dieu Tout-puissant ait pitié de vous ; & qu'après vous avoir pardonné vos péchés, il vous conduise à la vie éternelle.

℟. Amen.

℟. Ainsi soit-il.

Confiteor Deo omnipotenti, beatæ Mariæ semper Virgini, beato Michaë-

Je me confesse à Dieu Tout-puissant, à la bienheureuse Marie toujours Vierge, à saint Michel Archange, à ſaint Jean-Baptiſte, aux Apôtres ſaint Pierre & ſaint Paul, à tous les Saints, & à vous mon Pere, parce que j'ai grandement péché par penſées, paroles & actions; par ma faute, par ma faute, par ma très-grande faute; c'eſt pourquoi je prie la bienheureuſe Marie toujours Vierge, ſaint Michel Archange, ſaint Jean Baptiſte, les Apôtres ſaint Pierre & ſaint Paul, & tous les Saints, & vous, mon Pere, de prier pour moi le Seigneur notre Dieu.

li Archangelo, beato Joanni Baptiſtæ, ſanctis Apoſtolis Petro & Paulo, omnibus Sanctis, & tibi Pater, quia peccavi nimis, cogitatione, verbo & opere: meâ culpâ, meâ culpâ, meâ maximâ culpâ. Ideò precor beatam Mariam ſemper Virginem, beatum Michaëlem Archangelum, beatum Joannem Baptiſtam Sanctos Apoſtolos Petrum & Paulum, omnes Sanctos, & te Pater, orare pro me ad Dominum Deum noſtrum.

Que le Dieu Tout-puiſſant vous faſſe miſéricorde, & que vous ayant pardonné vos péchés, il vous conduiſe à la vie éternelle. ℟. Ainſi ſoit-il.

Que le Seigneur

Miſereatur veſtrî omnipotens Deus, & dimiſſis peccatis veſtris perducat vos ad vitam æternam.

℟. Amen.

Indulgentiam, abſolutionem, & remiſſionem peccatorum noſtrorum tribuat nobis omnipotens & miſericors Dominus. ℟.Amen.

Deus tu converſus vivificabis nos.

℟. Et plebs tua lætabitur in te.

Oſtende nobis, Domine, miſericordiam tuam.

℟.Et ſalutare tuum da nobis.

Domine, exaudi orationem meam.

℟. Et clamor meus ad te veniat.

Dominus vobiſcum.

℟. Et cum ſpiritu tuo.

tout-puiſſant & miſéricordieux nous accorde le pardon, l'abſolution & la rémiſſion de nos péchés. Ainſi ſoit-il.

O Dieu, tournez-vous vers nous, & nous vivrons.

℟. Et votre Peuple ſe réjouira en vous.

Seigneur, montrez-nous votre miſéricorde.

℟. Et donnez-nous votre ſalut.

Seigneur, écoutez ma priere.

℟. Et que ma voix s'éleve juſqu'à vous.

Le Seigneur ſoit avec vous.

℟. Et avec votre eſprit.

Le Prêtre montant à l'Autel, dit :

OREMUS.

Auſer à nobis, quæſumus, Domi-

PRIONS.

Effacez, s'il vous plaît, ô Seigneur, nos péchés, afin que nous puissions entrer en votre sanctuaire avec un cœur pur. Par Jesus-Christ notre Seigneur. Ainsi soit-il.

ne, iniquitates nostras, ut ad sancta sanctorum puris mereamur mentibus introire; Per Christum Dominum nostrum. Amen.

Le Prêtre baisant l'Autel, dit :

Nous vous prions, Seigneur, par les mérites de vos Saints, dont les Reliques sont ici, & de tous les autres Bienheureux, de nous pardonner tous nos péchés. Ainsi soit-il.

Oramus te, Domine, per merita Sanctorum tuorum quorum Reliquiæ hic sunt, & omnium Sanctorum, ut indulgere digneris omnia peccata. Amen.

Après l'Introït le Prêtre, dit :

Seigneur, ayez pitié de nous.	Kyrie eleison.
℟. Seigneur, ayez pitié de nous.	℟. Kyrie eleison.
Seigneur, ayez pitié de nous.	Kyrie eleison.
℟. Christ, ayez pitié de nous.	℟. Christe eleison.
Christ, ayez pitié de nous.	Christe eleison.
℟. Christ, ayez pitié de nous.	℟. Christe eleison.

Kyrie eleison. Seigneur, ayez pitié de nous.

℟. Kyrie eleison. ℟. Seigneur, ayez pitié de nous.

Kyrie eleison. Seigneur, ayez pitié de nous.

Le Prêtre étant au milieu de l'Autel, dit :

GLORIA in excelsis Deo : Et in terra pax hominibus bonæ voluntatis. Laudamus te. Benedicimus te. Adoramus te. Glorificamus te. Gratias agimus tibi propter magnam gloriam tuam. Domine Deus Rex cœlestis, Deus Pater omnipotens. Domine, Fili unigenite, Jesu Christe; Domine Deus, Agnus Dei, Filius Patris; Qui tollis peccata mundi, miserere nobis. Qui tollis pec-

GLOIRE à Dieu dans le Ciel. Et paix sur la Terre aux hommes de bonne volonté. Nous vous louons. Nous vous bénissons. Nous vous adorons. Nous vous glorifions. Nous vous rendons graces dans la vûë de votre gloire infinie. O Seigneur Dieu, Roi du Ciel, ô Dieu Pere Tout-Puissant, ô Seigneur, Fils unique de Dieu, Jesus-Christ, ô Seigneur Dieu, Agneau de Dieu, Fils du Pere : O vous, qui effacez les péchés du monde, ayez pitié de nous. O vous qui effacez les péchés du monde, recevez notre priere. O vous qui êtes assis à la droite du Pere, ayez pitié de nous. Car vous, ô J. C. êtes le seul Saint, le seul Seigneur, le seul Très-Haut, avec le Saint-Esprit, en la gloire de Dieu le Pere. Ainsi soit-il.

cata mundi, suscipe deprecationem nostram. Qui sedes ad dexteram Patris, miserere nobis. Quoniam tu solus Sanctus; Tu solus Dominus, Tu solus Altissimus, Jesu-Christe; cum Sancto Spiritu in gloria Dei Patris. Amen.

Le Prêtre se tourne vers le Peuple, & dit:

Le Seigneur soit avec vous.

℟. Et avec votre esprit.

Dominus vobiscum.

℟. Et cum spiritu tuo.

Après la Collecte, l'Epître & le Graduel, il dit:

Purifiez mon cœur & mes lévres, Dieu Tout-puissant, comme vous purifiâtes celles du Prophete Isaïe avec un charbon de feu: purifiez-moi de telle sorte que par votre gratuite miséricorde, je puisse dignement annoncer votre saint Evangile; Par

Munda cor meum ac labia mea, omnipotens Deus, qui labia Isaïæ Prophetæ calculo mundasti ignito: ita me tuâ gratâ miseratione dignare mundare, ut sanctum Evangelium tuum dignè va-

leam nuntiare ; Per ChriſtumDominum noſtrum. Amen.	Jeſus - Chriſt notre Seigneur. Ainſi ſoit-il.

Le Diacre demande la Bénédiction du Prêtre, en diſant :

Jube, domne, benedicere.	Mon Pere, donnez-moi votre bénédiction.
Dominus ſit in corde meo & in labiis meis ; ut dignè & competenter annuntiem Evangelium ſuum. Amen.	Que le Seigneur, ſoit dans mon cœur, & ſur mes levres ; afin que j'annonce dignement ſon ſaint Evangile. Ainſi ſoit-il.

Le Prêtre avant de lire l'Evangile, dit :

Dominus vobiſcum.	Le Seigneur ſoit avec vous.
℟. Et cum ſpiritu tuo.	℟. Et avec votre eſprit.
Sequentia *ou* Initium ſancti Evangelii ſecundùm N.	La ſuite *ou* le commencement du ſaint Evangile ſelon S. N.
Gloria tibi Domine.	Gloire ſoit à vous Seigneur.

Après l'Evangile, le Miniſtre répond :

℟. Laus tibi Chriſte.	℟. Louanges à vous, Chriſt.

Le Prêtre baisant l'Evangile, dit :

Que le ſaint Evangile qui a été lû, efface nos péchés.

Per Evangelica dicta deleantur noſtra delicta.

Etant au milieu de l'Autel, il dit :

JE croi en un Dieu, Pere Tout-puiſſant, qui a fait le Ciel & la Terre, & toutes les choſes viſibles & les inviſibles.

CREDO in unum Deum, Patrem omnipotentem, factorem cœli & terræ, viſibilium omnium & inviſibilium.

Et en un ſeul Jeſus-Chriſt, Fils unique de Dieu, & né du Pere avant tous les ſiécles, Dieu de Dieu, lumiere de lumiere, vrai Dieu, de vrai Dieu. Qui n'a pas été fait, mais engendré, eſt conſubſtantiel au Pere, par qui toutes choſes ont été faites. Qui eſt deſcendu des cieux pour nous hommes miſérables, & pour notre ſalut : & ayant pris chair de la

Et in unum Dominum Jeſum Chriſtum, Filium Dei unigenitum. Et ex Patre natum ante omnia ſæcula. Deũ de Deo, lumen de lumine, Deum verum de Deo vero. Genitum non factum, conſubſtantialem Patri, per quem omnia facta ſunt. Qui propter nos homines & propter nostram salutem descendit de cœlis. Et incarnatus est de Spiritu sancto, ex Maria Virgine; ET HOMO FACTUS EST. Crucifixus etiam pro nobis sub Pontio Pilato, passus & sepultus est. Et resurrexit tertiâ die, secundùm Scripturas. Et ascendit in cœlum sedet ad dexteram Patris. Et iterum venturus est cum gloria judicare vivos & mortuos. Cujus regni non erit finis.

Vierge Marie, par l'opération du Saint-Esprit, A ÉTÉ FAIT HOMME. Qui a été aussi crucifié pour nous. Qui a souffert sous Ponce Pilate: Qui a été mis au tombeau; est ressuscité le troisiéme jour selon les Ecritures: est monté au Ciel, est assis à la droite du Pere. Et viendra de nouveau plein de gloire, juger les vivans & les morts, dont le regne n'aura point de fin.

Et in Spiritum sanctum, Dominum, & vivificantem. Qui ex Patre Filioque procedit. Qui cum Patre & Filio simul adoratur & conglorificatur. Qui locutus est per Prophetas.

Je croi au Saint-Esprit, qui est aussi Seigneur, & qui donne la vie: qui procede du Pere & du Fils: Qui est adoré & glorifié conjointement avec le Pere & le Fils: Qui a parlé par les Prophetes.

Je croi l'Eglise qui est Une, Sainte, Catholique & Apostolique. Je confesse un Baptême pour la remission des péchés. Et j'attends la résurrection des morts, & la vie du siécle à venir. Ainsi soit-il.

Et Unam Sanctam Catholicam & Apostolicam Ecclesiam. Confiteor unum Baptisma in remissionem peccatorum. Et expecto resurrectionem mortuorũ. Et vitam venturi sæculi. Amen.

Le Prêtre après le Symbole, dit :

Le Seigneur soit avec vous.

Dominus vobiscum.

℟. Et avec votre esprit.

℟. Et cum spiritu tuo.

Après l'Offertoire, il prend la Patene, & offrant le Pain qui doit être consacré, dit :

PRIONS.

Recevez, ô Pere saint, Dieu éternel & Tout-puissant, cette Hostie sans tache, que j'offre, moi serviteur indigne, à vous qui êtes mon Dieu vivant & véritable, pour mes péchés, mes offenses & mes négligences,

OREMUS.

Suscipe, sancte Pater, omnipotens æterne Deus, hanc immaculatam Hostiam, quam ego indignus famulus tuus offero tibi Deo meo vivo & vero, pro innumerabilibus peccatis & offensionibus & negligentiis meis, & pro omnibus circumstantibus, sed & pro omnibus fidelibus Christianis vivis atque defunctis, ut mihi & illis proficiat ad salutem in vitam æternam. Amen.

qui sont sans nombre, pour tous les Assistans, & pour tous les fideles Chrétiens vivans, & morts, afin qu'elle profite à eux & à moi pour le salut & la vie éternelle. Ainsi soit-il.

Ensuite il met le vin & l'eau dans le Calice, disant :

Deus, qui humanæ substantiæ dignitatem mirabiliter condidisti, & mirabilius reformasti; da nobis per hujus aquæ & vini mysterium, ejus divinitatis esse consortes, qui humanitatis nostræ fieri dignatus est particeps, Jesus Christus Filius tuus Dominus noster, qui tecum vivit & regnat in unitate Spi-

O Dieu, qui par un effet admirable de votre puissance, avez créé la nature humaine dans un état si excellent, & qui l'avez rétablie par une plus grande merveille; faites-nous la grace, par le mystere de cette eau & de ce vin, d'avoir part un jour à la divinité de celui qui a daigné se faire participant de notre humanité, J. C. votre Fils notre Seigneur, qui étant Dieu, vit & regne en l'unité du

Saint-Esprit, dans tous les siecles des siecles. Ainsi soit-il.

ritûs sancti Deus, per omnia sæcula sæculorum. Amen.

Offrant le Calice au milieu de l'Autel, il dit :

Seigneur, nous vous offrons le Calice du salut, suppliant votre clémence de le faire monter devant votre divine Majesté, en sorte qu'il soit comme un doux parfum pour notre salut, & celui de tout le monde. Ainsi soit-il.

Offerimus tibi, Domine, Calicem salutaris, tuam deprecantes clementiam, ut in conspectu divinæ Majestatis tuæ pro nostra & totius mundi salute cum odore suavitatis ascendat. Amen.

Nous nous présentons devant vous en esprit d'humilité & de repentance, ô Seigneur, recevez nous, & faites que notre sacrifice s'accomplisse de telle sorte aujourd'hui en votre présence, qu'il vous soit agréable, ô Seigneur Dieu.

In spiritu humilitatis, & in animo contrito suscipiamur à te Domine : & sic fiat sacrificium nostrum in conspectu tuo hodie, ut placeat tibi, Domine Deus.

Le Prêtre bénissant le pain & le vin qu'il a offert.

Venez, sanctifica-

Veni, Sanctificator omnipotens, æterne Deus; & benedic hoc sacrificium tuo sancto nomini præparatum.

teur tout-puissant; Dieu éternel, & bénissez ce sacrifice préparé pour votre saint Nom.

Le Prêtre lave ses doigts au coin de l'Autel.

Lavabo inter innocentes manus meas, & circumdabo altare tuum, Domine.

Je laverai mes mains parmi les innocens, & j'environnerai, Seigneur, votre Autel:

Ut audiam vocem laudis: & enarrem universa mirabilia tua.

Pour entendre la voix de vos louanges, & pour raconter vos merveilles.

Domine, dilexi decorem domûs tuæ, & locum habitationis gloriæ tuæ.

Seigneur, j'ai aimé la beauté de votre maison, & le lieu dans lequel réside votre gloire.

Ne perdas cum impiis, Deus, animam meam, & cum viris sanguinum vitam meam.

O Dieu, ne faites point périr mon ame avec celles des impies, & ne me traitez pas comme les homicides.

In quorum manibus iniquitates sunt: dextera eorum repleta est muneribus.

Leurs mains sont souillées de crimes: leur droite est chargée de présens.

Mais

Mais je me ſuis conduit avec innocence : rachetez-moi, & ayez pitié de moi.

Ego autem in innocentia mea ingreſſus ſum : redime me, & miſerere meî.

J'ai marché dans le droit chemin : je vous bénirai, Seigneur, dans vos aſſemblées.

Pes meus ſtetit in directo : in Eccleſiis benedicam te, Domine.

Gloire ſoit au Pere, au Fils, & au Saint-Eſprit.

Gloria Patri, & Filio, & Spiritui ſancto :

Aujourd'hui & toujours, & dans tous les ſiecles des ſiecles, comme elle étoit dès le commencement & dans toute l'éternité. Ainſi ſoit-il.

Sicut erat in principio & nunc & ſemper & in ſæcula ſæculorum. Amen.

Le Prêtre s'incline au milieu de l'Autel, & dit :

Recevez, ô ſainte Trinité, cette oblation que nous vous offrons en mémoire de la Paſſion, de la Réſurrection & de l'Aſcenſion de JESUS-CHRIST notre Seigneur, & en l'honneur de la bien-heureuſe Marie toujours

Suſcipe, ſancta Trinitas, hanc oblationem quam tibi offerimus ob memoriam Paſſionis, Reſurrectionis, & Aſcenſionis JESU-CHRISTI Domini noſtri, & in honorem Beatæ Mariæ ſemper Virginis, & beati Joannis Baptiſtæ, & Sanctorum Apoſtolorum Petri & Pauli, & iſtorum, & omnium Sanctorum: ut illis proficiat ad honorem: nobis autem ad ſalutem; & illi pro nobis intercedere dignentur in cœlis, quorum memoriam agimus in terris. Per eumdem Chriſtum Dominum noſtrum.

Vierge, de ſaint Jean-Baptiſte, des Apôtres ſaint Pierre & ſaint Paul, de ces Saints & de tous les autres, afin qu'elle ſoit pour leur honneur & notre ſalut: & qu'ainſi ceux dont nous faiſons mémoire ſur la terre, daignent intercéder pour nous dans le Ciel. Par le même Jeſus-Chriſt notre Seigneur. Ainſi ſoit-il.

Le Prêtre ayant baiſé l'Autel, ſe tourne vers le Peuple, & dit:

Orate, Fratres, ut meum ac veſtrum ſacrificium acceptabile fiat apud Deum Patrem omnipotentem.

Priez, mes Freres, que mon ſacrifice qui eſt auſſi le vôtre, ſoit agréable à Dieu le Pere tout-puiſſant.

Le Peuple répond:

℟. Suſcipiat Dominus ſacrificium de manibus tuis, ad

℟. Que le Seigneur reçoive, s'il lui plaît, de vos mains ce ſacrifice, pour l'honneur

& la gloire de son saint Nom, pour notre utilité particuliere; & pour le bien de toute son Eglise.	laudem & gloriam nominis sui, ad utilitatem quoque nostram, totiusque Ecclesiæ suæ sanctæ.
℟. Ainsi soit-il.	℟. Amen.

Le Prêtre récite la Secrette, à la fin de laquelle il dit à haute voix la Préface.

Dans tous les siecles des siecles.	Per omnia sæcula sæculorum.
℟. Ainsi soit-il.	℟. Amen.
Le Seigneur soit avec vous.	Dominus vobiscum.
℟. Et avec votre esprit.	℟. Et cum spiritu tuo.
Levez les cœurs en haut.	Sursum corda.
℟. Nous les avons vers le Seigneur.	℟. Habemus ad Dominum.
Rendons graces à Dieu notre Seigneur.	Gratias agamus Domino Deo nostro.
℟. Nous le devons, & il est juste.	℟. Dignum & justum est.
Il est véritablement de notre devoir, & il est tout-à fait juste, il est équitable & sa-	Verè dignum & justum est, æquum & salutare, nos tibi

ſemper & ubique gratias agere, Domine ſancte, Pater omnipotens, æterne Deus, per Chriſtum Dominum noſtrum: per quem majeſtatem tuam laudant Angeli, adorant Dominationes, tremunt Poteſtates. Cœli cœlorumque Virtutes, ac beata Seraphim ſociâ exultatione concelebrant. Cum quibus & noſtras voces, ut admitti jubeas deprecamur, ſupplici confeſſione dicentes :

Sanctus, Sanctus, Sanctus, Dominus Deus ſabaoth : pleni ſunt cœli & terra gloriâ tuâ. Hoſan-

lutaire, de vous rendre graces en tout tems & en tous lieux, ô Seigneur, Pere ſaint, Dieu tout puiſſant & éternel, par notre Seigneur JESUS-CHRIST : C'eſt par lui que les Anges loüent votre Majeſté, que les Dominations l'adorent, que les Puiſſances lui rendent leurs profonds reſpects, en ſe tenant en ſa préſence comme dans un tremblement. Les Cieux & les Vertus des Cieux, & les Seraphins célébrent enſemble votre ſaint Nom dans des tranſports de joye. Et nous vous prions de recevoir nos voix avec les louanges de ces bienheureux Eſprits, en diſant d'une humble confeſſion :

Saint, Saint, Saint, eſt le Seigneur Dieu des armées. Les Cieux & la terre ſont remplis de votre gloire. Sauvez - nous d'en haut. Béni ſoit celui qui vient au Nom du Seigneur. Sauvez-nous d'en haut.

na in excelſis. Benedictus qui venit in nomine Domini. Hoſanna in excelſis.

Préface de SAINT LOUIS.

Il eſt véritablement juſte & raiſonnable, il eſt équitable & ſalutaire de vous rendre graces en tout tems & en tout lieu, Seigneur très-Saint, Pere tout-puiſſant, Dieu éternel, par Jeſus-Chriſt notre Seigneur; qui êtes glorifié dans l'aſſemblée des Saints, & qui en couronnant leurs mérites, couronnez vos dons; qui nous donnez dans la vie ſainte qu'ils ont menée, des modeles que nous avons à ſuivre; dans la communion avec eux, une aſſociation qui tourne à notre avantage; dans leur interceſſion pour nous, des protecteurs ſenſibles à nos beſoins; afin qu'é-

Verè dignum & juſtum eſt, æquum & ſalutare, nos tibi ſemper & ubique gratias agere, Domine ſancte, Pater omnipotens, æterne Deus: qui glorificaris in concilio Sanctorum; & eorum coronando merita, coronas dona tua: qui nobis in eorum præbes, & converſatione exemplum, & communione conſortium, & interceſſione ſubſidium; ut tantam habentes impoſitam nubem teſtium, per patientiam curramus ad propositum nobis certamen, & cum eis percipiamus immarcessibilem gloriæ coronam : Per Jesum Christum Dominum nostrum, cujus sanguine ministratur nobis introitus in æternum regnum ; per quem majestatem tuam trementes adorant Angeli, & omnes spirituum cœlestium chori sociâ exultatione concelebrant. Cum quibus & nostras voces, ut admitti jubeas deprecamur, supplici confessione dicentes : Sanctus, &c.

tant environnés d'une si grande foule de témoins, nous courions par la patience dans la carriere qui nous est ouverte, & que nous recevions avec eux cette couronne de gloire qui ne se flétrit point, & que nous attendons par J. C. N. S. dont le Sang nous donne entrée au Royaume éternel. C'est par le même J. C. que les Anges adorent en tremblant votre Majesté suprême, & que tous les Chœurs des Esprits célestes, célebrent vos louanges dans les transports d'une sainte joye. Faites que nous unissions nos voix à celles de ces Esprits bienheureux pour chanter avec eux : Saint, &c.

Préface des Morts.

Verè dignum & justum est, æquum & salutare, nos tibi

Il est véritablement juste & raisonnable, il est équitable & salutaire de vous rendre graces en tous tems & en tout lieu, Seigneur très-Saint, Pere tout-puissant, Dieu éternel, par JESUS-CHRIST notre Seigneur, dans lequel vous nous avez accordé l'espérance de la bienheureuse résurrection ; afin que si l'inévitable nécessité de mourir, attriste la nature humaine, la promesse de l'immortalité future encourage & console notre foi : car pour vos fidéles, Seigneur, mourir n'est pas perdre la vie, mais passer à une vie meilleure ; & lorsque cette maison de terre où ils habitent vient à se détruire, ils en acquierent une dans le Ciel, qui durera éternellement. C'est pourquoi nous nous unissons aux Anges & aux Archanges, aux Trônes, aux Dominations, & à toute

semper & ubique gratias agere, Domine sancte, Pater omnipotens, æterne Deus, Per Christum Dominum nostrum : in quo nobis spem beatæ resurrectionis concessisti, ut dum naturam contristat certa moriendi conditio, fidem consoletur futuræ immortalitatis promissio. Tuis enim fidelibus, Domine, vita mutatur non tollitur ; & dissolutâ terrestris hujus habitationis domo, æterna in cœlis habitatio comparatur. Et ideo cum Angelis & Archangelis, cum Thronis & Dominationibus, cumque omni militia cœlestis exercitûs, Hymnum gloriæ tuæ canimus, sine fine dicentes : Sanctus, &c.

l'Armée céleste, pour chanter l'Hymne de votre gloire, & dire sans cesse : Saint, &c.

LE CANON DE LA MESSE.

Le Prêtre s'inclinant profondément, dit :

TE igitur, clementissime Pater, per Jesum Christum Filium tuum Dominum nostrum, supplices rogamus, ac petimus, uti accepta habeas, & benedicas hæc dona, hæc munera, hæc sancta sacrificia illibata, imprimis quæ tibi offerimus pro Ecclesia tua sancta Catholica, quam pacificare, custodire, adunare & regere digneris toto orbe terrarum,

NOus vous prions donc en toute humilité, Pere très-miséricordieux, & vous demandons par J. C. votre Fils notre Seigneur, que vous ayiez agréable, & que vous bénissiez ces dons, ces saints sacrifices sans tache que nous vous offrons, premierement pour votre sainte Eglise Catholique, afin qu'il vous plaise de lui donner la paix, de la garder, de la maintenir dans l'union ; & de la gouverner par toute la terre, avec N. notre Pape votre serviteur, notre Prélat

N. notre Roi N. & tous les Orthodoxes & observateurs de la foi Catholique & Apostolique.

una cum famulo tuo Papa nostro N. & Antistite nostro N. & Rege nostro N. & omnibus Orthodoxis, atque Catholicæ & Apostolicæ fidei cultoribus.

Commémoration des Vivans.

Souvenez-vous, Seigneur, de vos Serviteurs & de vos Servantes, N. & N.

Memento, Domine famulorum, famularumque tuarum, N. & N.

Il prie pour ceux pour qui il offre le Sacrifice.

Et de tous ceux qui assistent à ce saint Sacrifice, de qui vous connoissez la foi & la dévotion, pour qui nous vous offrons, ou qui vous offrent ce Sacrifice de louanges pour eux, & pour tous leurs proches, pour la rédemption de leurs ames, pour l'espérance de leur salut & de leur conservation, & qui rendent leurs vœux à

Et omnium circumstantium, quorum tibi fides cognita est, ac nota devotio, pro quibus tibi offerimus vel qui tibi offerunt hoc sacrificium laudis, pro se, suisque omnibus, pro redemptione animarum suarum, pro spe salutis & incolumitatis suæ, tibique reddunt vota ſua æterno Deo, vivo & vero.

vous Dieu éternel, vivant & véritable.

Communicantes, & memoriam venerantes, imprimis glorioſæ ſemper Virginis Mariæ, Genitricis Dei & Domini noſtri Jeſu Chriſti, ſed & beatorum Apoſtolorū ac Martyrum tuorum Petri & Pauli, Andreæ, Jacobi, Joannis, Thomæ, Jacobi, Philippi, Bartholomæi, Matthæi, Simonis & Thadæi, Lini, Cleti, Clementis, Xiſti, Cornelii, Cypriani, Laurentii, Chryſogoni, Joannis & Pauli, Coſmæ & Damiani, & omnium Sanctorum tuorum, quorum meritis preci-

Participant à une même communion & honorant la mémoire en premier lieu de la glorieuſe Marie toujours Vierge, Mere de Dieu, notre Seigneur J. C. de vos bienheureux Apôtres, & Martyrs Pierre & Paul, André, Jacques, Jean, Thomas, Jacques, Philippe, Barthelemy, Mathieu, Simon & Thadée, Lin, Clete, Clement, Xiſte, Corneille, Cyprien, Laurent, Chryſogone, Jean & Paul, Côme & Damien, & de tous les autres Saints, aux mérites & prieres deſquels accordez, s'il vous plaît, qu'en toutes choſes nous ſoyons munis du ſecours de votre protection. Par le même Jeſus-Chriſt notre Seigneur.

busque concedas, ut in omnibus protectionis tuæ muniamur auxilio; Per eumdem Christum Dominum nostrum.

Le Prêtre tenant ses mains étendues sur l'Hostie & sur le Calice, dit:

Nous vous prions donc, ô Seigneur, de recevoir favorablement cette offrande de notre servitude, qui est aussi celle de toute votre famille, de nous faire joüir de votre paix pendant nos jours, & de faire qu'étant préservés de la damnation éternelle, nous soyons comptés au nombre de vos Elûs. Par Jesus-Christ N. S. Ainsi soit-il.

Hanc igitur oblationem, servitutis nostræ, sed & cunctæ familiæ tuæ, quæsumus, Domine, ut placatus accipias, diesque nostros in tua pace disponas, atque ab æterna damnatione nos eripi, & in electorum tuorum jubeas grege numerari. Per Christum Dominum nostrum. Amen.

Nous vous prions, ô Dieu, qu'il vous plaise de faire qu'en toutes choses cette oblation soit bénite, approuvée, rendue valable, raisonnable, agréable, ensor-

Quam oblationem tu, Deus, in omnibus, quæsumus benedictam, adscriptam ratam, rationabilem, acceptabilemque facere digneris, ut nobis Corpus & Sanguis fiat dilectissimi Filii tui Domini nostri Jesu Christi :

te qu'elle devienne pour nous le Corps & le Sang de Jesus-Christ, votre très-cher Fils notre Seigneur :

La Consécration.

Qui pridiè quam pateretur, accepit panem in sanctas ac venerabiles manus suas, & elevatis oculis in cœlum ad te Deum Patrem suum omnipotentem, tibi gratias agens, benedixit, fregit, deditque Discipulis suis dicens : Accipite & manducate ex hoc omnes : HOC EST ENIM CORPUS MEUM.

Qui le jour de devant sa Passion, prit le Pain entre ses mains saintes & vénérables, & levant ses yeux au Ciel, à vous, Dieu son Pere tout-puissant, vous rendant graces, le bénit, le rompit, & le donna à ses Disciples, leur disant : Prenez & mangez tous de ceci : CAR CECI EST MON CORPS.

Le Prêtre après avoir adoré le Corps de JESUS-CHRIST, *le fait adorer au Peuple.*

Simili modo, postquam cœnatum est, accipiens & hunc præclarum Calicem

Semblablement après qu'il eût soupé, prenant aussi cet excellent Calice entre ses mains saintes &

vénérables, vous rendant pareillement graces, le bénit & le donna à ses Disciples, disant : Prenez & bûvez-en tous : CAR CECI EST LE CALICE DE MON SANG, DU NOUVEAU ET ETERNEL TESTAMENT, (MYSTERE DE FOY) QUI SERA RÉPANDU POUR VOUS ET POUR PLUSIEURS EN REMISSION DES PECHÉS. Toutes les fois que vous ferez ces choses, faites-les en mémoire de moi.

in sanctas ac venerabiles manus suas : item tibi gratias agens ; benedixit, deditque Discipulis suis, dicens : Accipite & bibite ex eo omnes : HIC EST ENIM CALIX SANGUINIS MEI NOVI ET ÆTERNI TESTAMENTI, (MYSTERIUM FIDEI) QUI PRO VOBIS ET PRO MULTIS EFFUNDETUR IN REMISSIONEM PECCATORUM. Hæc quotiescumque feceritis, in meî memoriam facietis.

Et après avoir adoré le Sang de JESUS-CHRIST, *il l'éleve pour le faire adorer au Peuple, puis il dit :*

C'est pourquoi aussi, Seigneur, nous qui sommes vos serviteurs & votre Peuple saint, nous ressouvenant de la bienheureuse Pas-

Unde & memores, Domine, nos servi tui, sed & plebs tua sancta, ejusdem Christi Filii tui Domini nostri, tam beatæ Passionis, necnon & ab inferis resurrectionis, sed & in cœlos gloriosæ Ascensionis, offerimus præclaræ Majestati tuæ, de tuis donis ac datis, Hostiam puram, Hostiam sanctam, Hostiam immaculatam, Panem sanctum vitæ æternæ, & Calicem salutis perpetuæ.

sion de Jesus-Christ votre Fils, notre Seigneur, & de sa Résurrection des enfers; comme aussi de son Ascension glorieuse au Ciel, nous offrons à votre incomparable Majesté, les dons que vous avez faits, l'Hostie pure, l'Hostie sainte, l'Hostie immaculée, le saint Pain de la vie éternelle, & le Calice du salut perpétuel.

Supra quæ propitio ac sereno vultu respicere digneris, & accepta habere, sicuti accepta habere dignatus es munera pueri tui justi Abel, & sacrificium Patriarchæ nostri Abrahæ, & quod tibi obtulit summus Sacerdos tuus Mel-

Lesquels il vous plaise de regarder d'un visage doux & serein, & de les avoir agréables, comme il vous a plû d'avoir agréables les dons d'Abel le juste votre Serviteur, & le sacrifice d'Abraham notre Patriarche, & celui que vous a offert votre Grand Prêtre Melchisedech, ce saint Sacrice, cette Hostie immaculée.

chisedech, sanctum sacrificium, immaculatam Hostiam.

Le Prêtre s'inclinant profondément, dit :

Nous vous faisons donc cette humble priere, ô Dieu tout-puissant, de commander que ces choses soient portées sur votre Autel sublime, en présence de votre divine Majesté, par les mains de votre saint Ange, afin que tous tant que nous sommes, qui, participant à cet Autel, aurons pris le Saint & sacré Corps & Sang de votre Fils, soyons remplis de toute bénédiction & grace céleste ; Par le même Jesus-Christ notre Seigneur. Ainsi soit-il.

Supplices te rogamus, omnipotens Deus, jube hæc perferri per manus sancti Angeli tui in sublime Altare tuum, in conspectu divinæ Majestatis tuæ, ut quotquot ex hac altaris participatione sacro-sanctum Filii tui Corpus & Sanguinem sumpserimus, omni benedictione cœlesti & gratiâ repleamur ; Per eumdem Christum Dominum nostrum.

Commémoration des Morts.

Souvenez-vous aussi, Seigneur, de vos Serviteurs & de vos Servantes, N. & N.

Memento etiam, Domine, famulorum, famularumque

tuarum, N. & N. qui nos præcesserunt cũ signo Fidei, & dormiunt in somno pacis.

qui nous ont précédé avec le signe de la Foi, & qui dorment du sommeil de paix.

Il prie pour les Morts pour qui il veut prier.

Ipsis, Domine, & omnibus in Christo quiescentibus locum refrigerii, lucis & pacis, ut indulgeas deprecamur; Per eumdem Christum Dominum nostrum. Amen.

Nous vous supplions humblement, Seigneur, qu'il vous plaise leur donner & à tous ceux qui reposent en Jesus-Christ un lieu de rafraîchissement, de lumiere & de paix; Par le même Jesus-Christ notre Seigneur. Ainsi soit-il.

Le Prêtre frappant sa poitrine, dit d'une voix un peu élevée :

Nobis quoque peccatoribus, famulis tuis, de multitudine miserationum tuarum sperantibus, partem aliquam & societatem donare digneris, cum tuis sanctis Apostolis & Martyribus, cum

Et nous pécheurs, vos Serviteurs, qui esperons en la multitude de vos miséricordes, daignez nous donner part & societé avec vos Apôtres & Martyrs, avec Jean, Etienne, Mathias, Barnabé, Ignace, Alexandre, Marcellin, Pierre, Félicité, Perpetuë, Agathe

Agathe, Luce, Agnès, Cecile, Anastasie, & avec tous les Saints dans la compagnie desquels nous vous prions que ne regardant point au mérite, mais faisant grace, il vous plaise nous recevoir; Par Jesus-Christ notre Seigneur :

Joanne, Stephano, Mathia, Barnaba, Ignatio, Alexandro, Marcellino, Petro, Felicitate, Perpetua, Agatha, Lucia, Agnete, Cecilia, Anastasia, & omnibus Sanctis tuis, intra quorum nos consortium, non æstimator meriti, sed veniæ, quæsumus, largitor admitte; Per Christum Dominum nostrum :

Par qui, Seigneur, vous produisez toujours ces biens, vous les sanctifiez, vous les vivifiez, vous les bénissez, & vous nous les donnez. Par lui-même, avec lui-même, & en lui-même, à vous Dieu Pere tout-puissant appartient tout honneur & gloire en l'unité du Saint-Esprit.

Per quem hæc omnia, Domine, semper bona creas, sanctificas, vivificas, benedicis, & præstas nobis : per ipsum, & cum ipso, & in ipso est tibi Deo Patri omnipotenti, in unitate Spiritûs sancti, omnis honor & gloria.

Le Prêtre ayant un peu élevé le Calice avec l'Hostie, dit à haute voix :

Per omnia sæcula sæculorum.	Dans tous les siécles des siécles.
℟. Amen.	℟. Ainsi soit-il.
OREMUS.	PRIONS.
Præceptis salutaribus moniti, & divinâ institutione formati, audemus dicere :	Avertis par le commandement du Sauveur, & formés d'institution divine, nous osons dire :
Pater noster, qui es in cœlis, sanctificetur nomen tuum : Adveniat regnum tuum : Fiat voluntas tua, sicut in cœlo & in terra : Panem nostrum quotidianum da nobis hodie : Et dimitte nobis debita nostra, sicut & nos dimittimus debitoribus nostris : Et ne nos inducas in tentationem.	Notre Pere qui êtes aux Cieux, que votre Nom soit sanctifié : Que votre regne arrive : Que votre volonté soit faite sur la terre comme dans le Ciel : Donnez-nous aujourd'hui notre pain de chaque jour : Et pardonnez-nous nos offenses, comme nous pardonnons à ceux qui nous ont offensés : Et ne nous abandonnez pas à la tentation.

℟. Mais délivrez-nous du mal.

℟. Sed libera nos à malo.

Le Prêtre répond :

℟. Ainſi ſoit-il.

℟. Amen.

Délivrez-nous, Seigneur, s'il vous plaît, des maux paſſés, préſens & à venir, & donnez-nous par votre bonté la paix en nos jours, par l'interceſſion de la Bienheureuſe Marie toujours Vierge, Mere de Dieu, & de vos Apôtres Pierre & Paul & André, & de tous les Saints ; afin qu'étant aſſiſtés du ſecours de votre miſéricorde, nous ne ſoyons jamais eſclaves du péché, ni dans la crainte d'aucun trouble ; Par le même Jeſus-Chriſt notre Seigneur, qui étant Dieu, vit & regne avec vous, dans l'unité du Saint-Eſprit, dans tous les ſiécles des ſiécles.

℟. Ainſi ſoit-il.

Libera nos, quæſumus, Domine, ab omnibus malis præteritis, præſentibus & futuris : & intercedente Beatâ & glorioſâ ſemper Virgine Dei Genitrice Mariâ, cum Beatis Apoſtolis tuis Petro & Paulo, atque Andreâ & omnibus Sanctis ; da propitius pacem in diebus noſtris, ut ope miſericordiæ tuæ adjuti, & à peccato ſimus ſemper liberi, & ab omni perturbatione ſecuri ; Per eumdem Dominum noſtrũ Jeſum Chriſtum Filium tuum, qui tecum vivit & regnat in unitate Spiritûs ſancti Deus ; Per omnia ſæcula ſæculorum. ℟. Amen.

Pax Domini ſit ſemper vobiſcum.

La paix du Seigneur ſoit toujours avec vous.

℟. Et cum ſpiritu tuo.

℟. Et avec votre eſprit.

Le Prêtre mêle dans le Calice une partie de l'Hoſtie qu'il a rompue en trois, & dit :

Hæc commixtio & conſecratio Corporis & Sanguinis Domini noſtri Jeſu-Chriſti, fiat accipientibus nobis in vitam æternam.

Amen.

Que ce mêlange & cette conſécration du Corps & du Sang de notre Seigneur Jeſus-Chriſt, ſoit faite pour la vie éternelle de nous qui les prenons. Ainſi ſoit-il.

Agnus Dei, qui tollis peccata mundi, miſerere nobis.

Agneau de Dieu, qui effacez les péchés du monde, ayez pitié de nous.

Agnus Dei, qui tollis peccata mundi, miſerere nobis.

Agneau de Dieu, qui effacez les péchés du monde, ayez pitié de nous.

Agnus Dei, qui tollis peccata mundi, dona nobis pacem.

Agneau de Dieu, qui effacez les péchés du monde, donnez-nous la paix.

Aux Messes des Défunts, au lieu de dire :

Ayez pitié de nous, & donnez-nous la paix :

Miserere nobis : & Dona nobis pacem.

On dit :

Donnez-leur le repos, & donnez-leur le repos éternel.

Dona eis requiem : & Dona eis requiem sempiternam.

Le Prêtre dit tout bas les trois Oraisons suivantes, dont la premiere s'obmet aux Messes des Morts.

O Seigneur, J. C. qui avez dit à vos Apôtres : Je vous laisse la paix, je vous donne ma paix; n'ayez point d'égard à mes péchés, mais plutôt regardez la foi de votre Eglise; & donnez-lui, s'il vous plaît, la paix & l'union, dont vous voulez qu'elle jouisse; Vous qui étant Dieu, vivez & regnez dans tous les siécles des siécles. Ainsi soit-il.

Domine Jesu-Christe, qui dixisti Apostolis tuis : Pacem relinquo vobis, pacem meam do vobis; ne respicias peccata mea, sed fidem Ecclesiæ tuæ, eamque secundùm voluntatem tuam pacificare & coadunare digneris; Qui vivis & regnas Deus; Per omnia sæcula sæculorum. Amen.

Domine Jeſu-Chriſte, Fili Dei vivi, qui ex voluntate Patris, cooperante Spiritu ſancto, per mortem tuam mundum vivificaſti : libera me per hoc ſacro-ſanctum Corpus & Sanguinem tuum, ab omnibus iniquitatibus meis, & univerſis malis, & fac me tuis ſemper inhærere mandatis, & à te nunquam ſeparari permittas ; Qui cum Patre & ſpiritu Sancto vivis & regnas, &c.

O Seigneur, J. C. Fils du Dieu vivant, qui par la bonté du Pere, & la coopération du Saint-Eſprit, avez donné par votre mort la vie au monde, délivrez-moi par votre ſaint & ſacré Corps & Sang ici préſens, de tous mes péchés & de tous les autres maux ; rendez-moi toujours fidéle à vos commandemens, & ne permettez pas que je me ſépare jamais de vous ; Qui étant Dieu, vivez & régnez, &c.

Perceptio Corporis tui, Domine Jeſu-Chriſte, quod ego indignus ſumere præſumo, non mihi proveniat in judicium, & condemnationem ; ſed pro tua pietate pro-

O Seigneur, J. C. que la participation de votre Corps, lequel je me propoſe de recevoir, bien que j'en ſois indigne, ne tourne point à mon jugement & à ma condamnation ; mais que ſelon votre miſéricorde, il me ſerve de défense pour mon ame & pour mon corps, comme aussi de salutaire remede. ; Qui étant Dieu, vivez & régnez, &c.

sit mihi ad tutamentum mentis & corporis, & ad medelam percipiendam. Qui vivis & regnas, &c.

Après avoir adoré la sainte Hostie, il la prend entre ses mains, disant :

Je prendrai le pain céleste, & j'invoquerai le Nom du Seigneur.

Panem cœlestem accipiam, & nomen Domini invocabo.

Puis en frappant sa poitrine, il dit par trois fois d'une voix un peu élevée.

Seigneur, je ne suis pas digne que vous entriez dans ma maison ; mais dites seulement une parole, & mon ame sera guérie.

Domine, non sum dignus ut intres sub tectum meum, sed tantum dic verbo, & sanabitur anima mea.

Seigneur, je ne suis pas digne que vous entriez dans ma maison ; mais dites seulement une parole, & mon ame sera guérie.

Domine, non sum dignus ut intres sub tectum meum, sed tantum dic verbo, & sanabitur anima mea.

Seigneur, je ne suis pas digne que vous

Domine, non sum dignus ut intres sub

tectum meum, ſed tantum dic verbo, & ſanabitur anima mea.

entriez dans ma maiſon ; mais dites ſeulement une parole, & mon ame ſera guérie.

Il fait le ſigne de la Croix avec l'Hoſtie, diſant :

Corpus Domini noſtri Jeſu Chriſti, cuſtodiat animam meam in vitam æternam. Amen.

Que le Corps de notre Seigneur J. C. garde mon ame pour la vie éternelle. Ainſi ſoit-il.

Ayant reçu le Corps de Notre Seigneur Jesus-Christ, *il prend le Calice, diſant :*

Quid retribuam Domino pro omnibus quæ retribuit mihi? Calicem ſalutaris accipiam, & nomen Domini invocabo. Laudans invocabo Dominum, & ab inimicis meis ſalvus ero.

Que rendrai-je au Seigneur pour tant de biens qu'il m'a faits? Je prendrai le Calice du ſalut, & j'invoquerai le Nom du Seigneur en chantant ſes louanges, & il me délivrera de mes ennemis.

Il fait le ſigne de la Croix avec le Calice, diſant :

Sanguis Domini noſtri Jeſu Chriſti

Que le Sang de notre Seigneur Jeſus-

Christ garde mon ame pour la vie éternelle. Ainsi soit-il.

custodiat animam meam in vitam æternam. Amen.

Après avoir pris le précieux Sang, il prend le vin pour la premiere ablution, & dit :

Faites que nous recevions, Seigneur, avec un cœur pur, ce que nous avons pris par la bouche, & qu'un présent temporel devienne pour nous un remede éternel.

Quod ore sumpsimus, Domine, purâ mente capiamus, & de munere temporali fiat nobis remedium sempiternum.

Prenant du vin & de l'eau pour la seconde ablution, il dit :

Que votre Corps que j'ai reçu, ô Seigneur, & que votre Sang que j'ai bû, s'attache à mes entrailles ; & faites que par votre sainte grace aucune tache de péché ne demeure en moi, qui ai été rassasié de vos purs & saints Sacremens ; Vous qui vivez & régnez dans tous les siécles des siécles. Ainsi soit-il.

Corpus tuum, Domine, quod sumpsi, & Sanguis quem potavi, adhæreat visceribus meis : & præsta ut in me non remaneat scelerum macula, quem pura & sancta refecerunt Sacramenta; Qui vivis & regnas in sæcula sæculorum. Amen.

Puis il dit l'Antienne, que l'on appelle Communion, après laquelle s'étant tourné vers le Peuple, il dit :

Dominus vobiſcum.	Le Seigneur ſoit avec vous.
℟. Et cum ſpiritu tuo.	℟. Et avec votre eſprit.

Après la Poſt-communion, le Prêtre s'étant tourné vers le Peuple, dit :

Dominus vobiſcum.	Le Seigneur ſoit avec vous.
℟. Et cum ſpiritu tuo.	℟. Et avec votre eſprit.
Ite Miſſa eſt.	Allez vous-en, la Meſſe eſt dite.
℟. Deo gratias.	℟. Rendons graces à Dieu.

Aux Meſſes pour les Morts, il dit :

Requieſcant in pace.	Qu'ils repoſent en paix.
℟. Amen.	℟. Ainſi ſoit-il.

Le Prêtre s'inclinant au milieu de l'Autel, dit cette Priere :

Placeat tibi, ſancta Trinitas, obſe-	Recevez, ô Trinité ſainte, l'obéiſſance de

ma ſervitude, & ayez pour agréable le ſacrifice que j'ai offert aux yeux de votre divine Majeſté, bien que j'en fuſſe indigne. Faites qu'il me ſoit propice, & à tous ceux pour qui je l'ai offert; Par Jeſus-Chriſt notre Seigneur. Ainſi ſoit-il.

quiũ ſervitutis meæ; & præſta ut ſacrificium quod oculis tuæ Majeſtatis indignus obtuli, tibi ſit acceptabile; mihique & omnibus pro quibus illud obtuli, ſit te miſerante propitiabile; Per Chriſtum Dominum noſtrum. Amen.

Le Prêtre ayant baiſé l'Autel, ſe tourne vers le Peuple à qui il donne la Bénédiction.

Que Dieu Tout-puiſſant vous béniſſe, le Perè, le Fils, & le Saint-Eſprit.

℟. Ainſi ſoit-il.

Benedicat vos omnipotens Deus, Pater, & Filius, & Spiritus Sanctus.

℟. Amen.

Enſuite le Prêtre lit l'Evangile de ſaint Jean, ou quelqu'autre ſelon qu'il eſt marqué.

Le Seigneur ſoit avec vous.

℟. Et avec votre eſprit.

Dominus vobiſcum.

℟. Et cum ſpiritu tuo.

Initium ſancti Evangelii ſecundùm Joannem.

℞. Gloria tibi Domine.

IN principio erat Verbum, & Verbum erat apud Deũ, & Deus erat Verbum. Hoc erat in principio apud Deũ. Omnia per ipſum facta ſunt ; & ſine ipſo factum eſt nihil quod factum eſt. In ipſo vita erat, & vita erat lux hominum : & lux in tenebris lucet, & tenebræ eam non comprehenderunt : Fuit homo miſſus à Deo, cui nomen erat Joannes. Hic venit in teſtimonium, ut teſtimonium perhi-

Le commencement du S. Evangile ſelon S. Jean.

℞. Gloire ſoit à vous, ô Seigneur.

AU commencement étoit le Verbe, & le Verbe étoit en Dieu. Il étoit dès le commencement en Dieu. Toutes choſes ont été faites par lui, & rien n'a été fait ſans lui. Ce qui a été fait étoit vie en lui, & la vie de la grace étoit la lumiere des hommes : cette lumiere luit dans les ténébres, & les ténébres ne l'ont point compriſe. Il y eut un homme appellé Jean, envoyé de Dieu : celui-là vint être témoin pour rendre témoignage à la lumiere, afin que tous cruſſent par ſon moyen : mais encore qu'il rendît témoignage à la lumiere, il n'étoit pas pourtant lui - même la lumiere. La lumiere véritable étoit celle qui éclaire tout homme venant en ce monde : il étoit dans le monde, & le monde a été fait par lui, & le monde ne l'a point connu. Il eſt venu dans ſon propre héritage, & les ſiens ne l'ont pas reçu. Il a donné le pouvoir d'être faits enfans de Dieu, à tous ceux qui l'ont reçu & qui ont crû en ſon nom, & qui ne ſont pas nés du ſang, de la volonté de la chair, ni de la volonté de l'homme, mais de Dieu. ET LE VERBE A ÉTÉ FAIT CHAIR, & il a habité parmi nous ; & nous avons vû ſa gloire comme la gloire du Fils unique du Pere. Il étoit plein de grace & de vérité. ℟. Rendons graces à Dieu.

beret de lumine ; ut omnes crederent per illum. Non erat ille lux, ſed ut teſtimonium perhiberet de lumine. Erat lux vera, quæ illuminat omnem hominem venientem in hunc mundum. In mundo erat, & mundus per ipſum factus eſt, & mundus eum non cognovit. In propria venit, & ſui eum non receperunt. Quotquot autem receperunt eum, dedit eis poteſtatem filios Dei fieri, his qui credunt in nomine ejus, qui non ex ſanguinibus, neque ex voluntate carnis, neque ex voluntate viri, ſed ex Deo nati ſunt. ET VERBUM

CARO FACTUM EST, & habitavit in nobis; (& vidimus gloriam ejus, gloriam quasi Unigeniti à Patre,) plenum gratiæ & veritatis. ℟. Deo gratias.

L'OFFICE

DE

SAINT LOUIS, ROY DE FRANCE, CONFESSEUR.

Le 25 Août.

AUX PREMIERES VESPRES.

Ave Maria.

DIEU, venez à mon aide :

℟. Hâtez-vous, Seigneur, de me ſecourir.

Gloire au Pere, au

Pater noſter.

EUS, in adjutorium meum intende :

℟. Domine, ad adjuvandum me feſtina. *Pſ.* 69.

Gloria Patri, &

Filio, & Spiritui ſancto. Sicut erat in principio & nunc & ſemper, & in ſæcula ſæculorum.

Amen. Alleluia.

Fils, & au Saint-Eſprit : à préſent & toujours, comme dès le commencement, & dans tous les ſiécles des ſiécles. Ainſi ſoit-il. Allel.

ANT. 1. g. Magnificavit.

PSEAUME 109.

DIXIT Dominus Domino meo : * ſede à dextris meis.

Donec ponam inimicos tuos : * ſcabellum pedum tuorum.

Virgam virtutis tuæ emittet Dominus ex Sion : * dominare in medio inimicorum tuorum.

Tecum principium in die virtutis tuæ in ſplendoribus Sanctorum : * ex utero ante luciferum genui te.

LE Seigneur a dit à mon Seigneur : Aſſeyez-vous à ma droite.

Tandis que terraſſant vos ennemis, je les ferai ſervir d'eſcabeau à vos pieds.

Le Seigneur fera ſortir de Sion le ſceptre de votre puiſſance, pour étendre votre empire au milieu de vos ennemis.

Votre peuple ſe rangera auprès de vous au jour de votre force, étant revêtu de la ſplendeur des Saints : je vous ai engendré avant l'étoile du matin.

Le

Le Seigneur a juré, il ne se retractera point : Vous êtes le Prêtre éternel selon l'ordre de Melchisedech.

Juravit Dominus, & non pœnitebit eum : * Tu es Sacerdos in æternum secundùm ordinem Melchisedech.

Le Seigneur qui est à vos côtés, brisera l'orgueil des Rois au jour de sa fureur.

Dominus à dextris tuis : * confregit in die iræ suæ Reges.

Il exercera sa justice sur toutes les nations, & cassera la tête à plusieurs qui sont sur la terre.

Judicabit in nationibus, implebit ruinas : * conquassabit capita in terra multorum.

Il boira en chemin des eaux du torrent, & par-là il s'élevera dans sa gloire.

De torrente in via bibet : * propterea exaltabit caput.

Gloire soit au Pere, au Fils, & au Saint-Esprit, &c.

Gloria Patri, & Filio, & Spiritui sancto, &c.

ANT. Le Seigneur a glorifié saint Louis, & il a comblé son régne d'une telle gloire, que nul Roi avant lui n'en avoit eu de semblable.

ANT. Magnificavit eum Dominus, & dedit illi gloriam regni, qualem nullus habuit ante eum Rex.

ANT. 4. E. Operatus est bonum.

PSEAUME 110.

Confitebor tibi, Domine, in toto corde meo: * in concilio justorum, & congregatione.

Seigneur, je confesserai vos louanges de tout mon cœur, les publiant en l'assemblée des justes & des fidéles.

Magna opera Domini: * exquisita in omnes voluntates ejus.

Les ouvrages du Seigneur sont grands, & ceux qui les considérent ne se peuvent lasser de les admirer.

Confessio & magnificentia opus ejus: * & justitia ejus manet in sæculum sæculi.

La gloire & la magnificence sont les ouvrages de ses mains; sa justice demeure éternellement.

Memoriam fecit mirabilium suorum, misericors & miserator Dominus: * escam dedit timentibus se.

Il nous a fait célébrer la mémoire de ses merveilles, le bon & miséricordieux Seigneur, il nourrit ceux qui le craignent.

Memor erit in sæculum testamenti sui: * virtutem ope-

Il se souviendra toujours de son alliance: il fera paroître à son

peuple la vertu de ses exploits.	rum suorum annuntiabit populo suo.
Il leur donnera pour héritage les biens des nations ; ses œuvres sont la justice & la vérité.	Ut det illis hæreditatem gentium : * opera manuum ejus veritas & judicium.
Ses loix sont fidéles, elles sont fondées sur l'éternité, & sur les regles de la vérité & de la justice.	Fidelia omnia mandata ejus, confirmata in sæculum sæculi : * facta in veritate & æquitate.
Il a envoyé la rédemption à son peuple, & a fait avec lui une alliance qui demeurera toujours.	Redemptionem misit populo suo : * mandavit in æternum testamentum suum.
Son Nom est saint & redoutable : le commencement de la sagesse est la crainte du Seigneur.	Sanctum & terribile nomen ejus : * initium sapientiæ timor Domini.
Ceux qui observent ses préceptes sont bien avisés, & leurs louanges subsisteront toujours.	Intellectus bonus omnibus facientibus eum : * laudatio ejus manet in sæculum sæculi.
Gloire soit au Pere, au Fils, &c.	Gloria Patri, & Filio, &c.
ANT. Il a fait ce qui	ANT. Operatus est

bonum, & rectum, & verum coram Domino Deo suo, volens requirere Deum suum in toto corde suo : fecitque, & prosperatus est.

étoit bon, droit & véritable devant le Seigneur ; il s'étoit proposé de chercher son Dieu de tout son cœur : il l'a fait, & tout lui a réussi.

ANT. 8. G. Fecit judicium.

PSEAUME III.

Beatus vir qui timet Dominum : * in mandatis ejus volet nimis.

Potens in terra erit semen ejus : * generatio rectorum benedicetur.

Gloria & divitiæ in domo ejus : * & justitia ejus manet in sæculum sæculi.

Exortum est in tenebris lumen rectis : * misericors & miserator & justus.

Heureux l'homme qui craint le Seigneur, & qui met toute son affection dans ses ordonnances.

Sa postérité sera puissante sur la terre : la race des justes sera comblée de bénédictions.

La gloire & les richesses sont dans sa maison, & sa justice demeure éternellement.

La lumiere se leve sur les justes au milieu des ténébres : le Seigneur est plein de miséricorde, de tendresse & de justice.

Heureux celui qui donne & qui prête, & qui regle ſes diſcours ſelon l'équité ; parce qu'il ne ſera jamais ébranlé.

Jucundus homo qui miſeretur & commodat, diſponet ſermones ſuos in judicio ; * quia in æternum non commovebitur.

La mémoire du juſte ſera éternelle : il ne craindra pas qu'elle ſoit ternie par des diſcours injurieux.

In memoria æterna erit juſtus : * ab auditione mala non timebit.

Son cœur eſt préparé à tout, parce qu'il s'appuie ſur le Seigneur ; ſon cœur eſt inébranlable, & il ne craint rien : il attend que le Seigneur le venge de ſes ennemis.

Paratum cor ejus ſperare in Domino, confirmatum eſt cor ejus : * non commovebitur, donec deſpiciat inimicos ſuos.

Il répand ſes dons, il eſt libéral envers les pauvres : ſa juſtice demeure éternellement ; il ſera élevé en puiſſance & en gloire.

Diſperſit dedit pauperibus, juſtitia ejus manet in ſæculum ſæculi : * cornu ejus exaltabitur in gloria.

Le méchant le verra, & il frémira de colere, il grincera des dents, il ſéchera de dépit : les deſirs des

Peccator videbit & iraſcetur, dentibus ſuis fremet & tabeſcet ; * deſiderium peccatorum peribit.

Gloria Patri, & Filio, &c.

ANT. Fecit judicium & justitiam : judicavit causam pauperis & egeni ; quia cognovit me, dicit Dominus.

pécheurs périront.

Gloire soit au Pere, au Fils, &c.

ANT. Il s'est conduit selon la justice & l'équité : il a défendu la cause du pauvre & de l'indigent ; parcequ'il m'a connu, dit le Seigneur.

ANT. 7. d. Perambulavit.

PSEAUME 112.

LAudate, pueri, Dominum ; * laudate nomen Domini.

ENfans, louez le Seigneur, & son saint Nom.

Sit nomen Domini benedictum : * ex hoc nunc & usque in sæculum.

Que le nom du Seigneur soit béni dès à présent, & pendant toute l'éternité.

A solis ortu usque ad occasum : laudabile nomen Domini.

Car depuis le lever du Soleil jusqu'à son couchant, le Nom du Seigneur est loüé.

Excelsus super omnes gentes Dominus : * & super cœlos gloria ejus.

Le Seigneur est plus élevé que toutes les Nations : sa gloire est élevée au-dessus des Cieux.

Qui peut ſe comparer au Seigneur notre Dieu qui demeure là-haut, & qui s'abaiſſe juſqu'à conſidérer le ciel & la terre ?

Quis ſicut Dominus Deus noſter, qui in altis habitat : * & humilia reſpicit in cœlo & in terra.

Il releve les miſérables de la pouſſiere, & retire les pauvres de la fange ;

Suſcitans à terra inopem : * & de ſtercore erigens pauperem ;

Pour les établir dans les charges honorables, avec les Princes de ſon peuple.

Ut collocet eum cum principibus : * cum principibus populi ſui.

Qui rend féconde la femme ſtérile, & la rend joyeuſe, la faiſant mere de plufieurs enfans.

Qui habitare facit ſterilem in domo : * matrem filiorum lætantem.

Gloire au Pere, au Fils, &c.

Gloria Patri, & Filio, &c.

ANT. Il a parcouru les villes : il en a chaſſé les impies ; & ſon nom devint célebre juſqu'aux extrémités de la terre.

ANT. Perambulavit civitates, & perdidit impios ex eis ; & nominatus eſt uſque ad noviſſimum terræ.

ANT. 2. D. De omni.

PSEAUME 116.

Laudate Dominum, omnes gentes : * laudate eum, omnes populi.

Quoniam confirmata est super nos misericordia ejus : * & veritas Domini manet in æternum.

Gloria Patri, & Filio, & Spiritui sancto, &c.

ANT. De omni corde suo laudavit Dominum, & dilexit Deum qui fecit illum : & dedit illi contra inimicos potentiam.

Nations, loués toutes le Seigneur ; peuples louez-le tous.

Parce qu'il a signalé envers nous la grandeur de sa miséricorde, & que la vérité du Seigneur est éternelle.

Gloire soit au Pere, au Fils, & au Saint-Esprit, &c.

ANT. Il a loué le Seigneur de tout son cœur ; il a aimé le Dieu qui l'avoit créé, & qui l'avoit rendu fort contre ses ennemis.

CAPITULE. I. *Esdras* 7.

Benedictus Dominus Deus patrum nostrorum, qui dedit hoc in cor-

Beni soit le Seigneur Dieu de nos Peres, qui a inspiré au Roi le dessein de relever la gloire

de la Maiſon du Seigneur.

℟. Rendons graces.

de Regis, ut glorificaret domum Domini.

℟. Deo gratias.

℟. Il a été deſtiné de Dieu pour faire rentrer le peuple dans la pénitence. * Il a exterminé les abominations de l'impieté : Il a tourné ſon cœur vers le Seigneur; & † Dans un tems de péchés il s'eſt affermi dans la piété. ℣. Miniſtre de Dieu pour faire le bien, il a exécuté ſa vengeance en puniſſant les méchans. * Il a exterminé. Gloire au Pere. † Dans un tems de péchés il s'eſt affermi dans la piété.

℟. Ipſe eſt directus divinitus in pœnitentiam gentis, & * Tulit abominationes impietatis; & gubernavit ad Dominum cor ipſius, & † In diebus peccatorum corroboravit pietatem. ℣. Dei miniſter in bonum, vindex in iram ei qui malum agit, * Tulit abominationes. Gloria Patri. † In diebus peccatorum.

HYMNE.

O Roi des Rois, dont la main toute-puiſſante forme quand il lui plaît, & diſtribue à ſon gré les Royaumes : recevez

Rex ſumme Regum, qui potenti numine
Quo ſunt creata regna nutu dividis:

Dum thure fumant templa, voce personant,
Audi profusas Regis in laudem preces.

notre encens, écoutez nos prieres, & permettez-nous de faire retentir vos temples des louanges d'un Roi que vous avez couronné de gloire.

NASCENS in ipsa Ludovicus purpura,
Sceptris avitis parvus admovet manus;
Piæque ductu matris, ignarus mali,
Servire Christo discit antequam regat.

Louis naît dans la pourpre, & dès son enfance il prend en main le sceptre de ses ayeux. Docile aux sages avis d'une sainte & prudente mere, il conserve sur le trône même l'heureuse ignorance du mal, & apprend à servir son Dieu avant que de gouverner son royaume.

JUSTI severus cultor, urbes legibus,
Amore cives continens, hostes metu;
Pietate cœlum flectit, aras excitat;
Deoque templa, tecta nudis erigit.

Exact observateur des régles de la justice, il contient ses provinces par de sages loix, ses peuples par l'amour, ses ennemis par la crainte; il fléchit le Ciel par sa piété, il éleve des temples & des autels à son Dieu, & bâtit des demeures aux pauvres.

Vengeur courageux du ſang des Chrétiens, il traverſe les mers : il porte l'étendart de la Croix ſur les terres des Infidéles ; & s'expoſant mille fois pour ſon Dieu au hazard de perdre la vie, il les attaque, il les combat, il remporte ſur eux la victoire.

Gloire éternelle au Roi des Rois : honneur, louange, adoration à la Trinité ſainte, au Dieu unique en trois perſonnes, qui régiſſant l'univers en unité de puiſſance régne dans tous les ſiécles des ſiécles. Amen.

℣. J'ai trouvé mon ſerviteur : ℟. Je l'ai ſacré de mon huile ſainte.

MOX Chriſtiani ſerus ultor ſanguinis
Emenſus æquor, inque littus barbarum
Vexilla pandens, urget armis impios,
Unoque vitam pro Deo paciſcitur.

SIT Trinitati ſempiterna gloria,
Honor, poteſtas, atque jubilatio,
In unitate, quæ gubernans omnia,
Per cuncta regnat ſæculorũ ſæcula.
Amen.

℣. Inveni ſervum meum : ℟. Oleo ſancto meo unxi eum. *Pſ.* 88.

A MAGNIFICAT.

ANT. 6. C. Quæsivit Dominus.

CANTIQUE DE LA SAINTE VIERGE.
S. Luc. I.

MAgnificat * anima mea Dominum.	MON ame glorifie le Seigneur.
Et exultavit ſpiritus meus : * in Deo ſalutari meo.	Et mon eſprit eſt ravi de joie en Dieu mon Sauveur ;
Quia reſpexit humilitatem ancillæ ſuæ : * ecce enim ex hoc beatam me dicent omnes generationes.	Parce qu'il a regardé la baſſeſſe de ſa Servante ; & déſormais je ſerai appellé bienheureuſe dans la ſuite de tous les ſiécles.
Quia fecit mihi magna qui potens eſt, * & ſanctum nomen ejus.	Car il a fait en moi de grandes choſes, lui qui eſt le Tout-puiſſant, & dont le Nom eſt ſaint.
Et miſericordia ejus à progenie in progenies : * timentibus eum.	Sa miſéricorde ſe répand d'âge en âge ſur ceux qui le craignent.
Fecit potentiam in brachio ſuo : *	Il a déployé la force de ſon bras : il a

renversé les superbes, en dissipant leurs desseins.

dispersit superbos mente cordis sui.

Il a fait descendre les grands de leur trône, & il a élevé les petits.

Deposuit potentes de sede, * & exaltavit humiles.

Il remplit de biens ceux qui étoient affamés, & il a renvoyé vuides & pauvres ceux qui étoient riches.

Esurientes implevit bonis, * & divites dimisit inanes.

Il a pris en sa protection Israël son serviteur, se souvenant de la bonté,

Suscepit Israël puerum suum, * recordatus misericordiæ suæ.

Qu'il a eu pour Abraham & pour sa race à jamais, selon les promesses qu'il a faites à nos peres.

Sicut locutus est ad patres nostros, * Abraham & semini ejus in sæcula.

Gloire au Pere, au Fils, &c.

Gloria Patri, & Filio, &c.

ANT. Le Seigneur s'est cherché un homme selon son cœur; & il lui a commandé d'être le chef de son peuple.

ANT. Quæsivit Dominus sibi virum juxta cor suum; & præcepit ei ut esset dux super populum suum.

℣. Le Seigneur soit

℣. Dominus vobiſcum. ℟. Et cum ſpiritu tuo.

avec vous. ℟. Et avec votre eſprit.

ORÉMUS.

DEus, qui beatum Regem Ludovicum, Confeſſorem tuum, de terreno regno ad cœleſtis regni gloriam tranſtuliſti : ejus, quæſumus, meritis & interceſſione, Regis Regum Jeſu-Chriſti Filii tui facias nos eſſe conſortes; Qui tecum vivit & regnat in unitate Spiritûs ſancti Deus; Per omnia ſæcula ſæculorum. Amen.

PRIONS.

O Dieu, qui avez fait paſſer le Roi S. Louis votre Confeſſeur, d'un régne temporel à la gloire du Royaume éternel : accordez à ſes prieres & à ſes mérites, que nous participions au Royaume du Roi des Rois, notre Seigneur Jeſus-Chriſt; Qui étant Dieu vit & regne avec vous en l'unité du Saint-Eſprit, dans tous les ſiécles des ſiécles. Ainſi ſoit-il.

℣. Dominus vobiſcum, ℟. Et cum ſpiritu tuo.

℣. Le Seigneur ſoit vous. ℟. Et avec votre eſprit.

℣. Benedicamus Domino. ℟. Deo gratias.

℣. Béniſſons le Seigneur. ℟. Rendons graces à Dieu.

Antienne à la très-Sainte Vierge.

NOus vous saluons, ô notre Reine, ô Mere pleine de douceur & de miséricorde, vous dont la protection est une source de vie, de consolation & de graces : malheureux exilés, enfans infortunés d'une mere coupable, nous nous prosternons à vos piés; daignez être attentive à nos cris, à nos gémissemens, & aux soupirs que nous poussons vers vous dans cette vallée de larmes : jettez sur nous un regard favorable : soyez notre Avocate auprès de Jesus-Christ votre Fils : obtenez-nous par vos prieres la grace de vous imiter; afin de voir après notre exil, ce fruit de vie & de bénédiction, que vous avez donné au monde, ô Vierge sainte ! ô tendre Mere ! ô Marie vrai modéle de vertu & de piété !

SAlve, Regina, Mater misericordiæ; vita, dulcedo & spes nostra, salve : ad te clamamus, exules filii Evæ; ad te suspiramus, gementes & flentes in hac lacrymarum valle : eia ergo, advocata nostra, illos tuos misericordes oculos ad nos converte; & Jesum, benedictum fructũ ventris tui, nobis post hoc exilium ostende; ô clemens ! ô pia ! ô dulcis Virgo Maria !

℣. Les plus riches du peuple auront re-

℣. Vultum tuum deprecabuntur.

℟. Omnes divites plebis.

cours à vous : ℟. Ils vous adresseront leurs hommages.

OREMUS.

OMnipotens sempiterne Deus, qui gloriosæ Virginis matris Mariæ corpus & animam, ut dignum Filii tui habitaculum effici mereretur, Spiritu sancto cooperante, præparasti : da ut cujus commemoratione lætamur, ejus piâ intercessione ab instantibus malis, & à morte perpetua liberemur; Per eumdem Christum Dominum nostrum.

Amen.

PRIONS.

DIeu Tout-puissant & éternel, qui avez préparé avec la cooperation du S. Esprit, le Corps & l'Ame de la glorieuse Vierge Marie, pour en faire une demeure digne de votre Fils : accordez à vos serviteurs qui célébrent avec joie sa mémoire, d'être préservés, par son intercession, des maux de la vie présente, & de ceux de l'éternité : Nous vous en supplions par le même Jesus-Christ notre Seigneur. Ainsi soit-il.

A LA

A LA PROCESSION.

RÉPONS.

ROyaumes de la terre, chantez la gloire de Dieu : publiez la magnificence du Seigneur ; * Parce que Dieu eſt le Roi de toute la terre. ℣. L'Agneau eſt la lumiere de Jeruſalem la Cité ſainte, & les Rois y apporteront leur gloire & leur honneur ; * Parce que Dieu eſt le Roi. Gloire au Pere. * Parce que Dieu eſt le Roi.

REgna terræ, cantate Deo, pſallite Domino ; * Quoniam Rex omnis terræ Deus. ℣. Lucerna civitatis ſanctæ Jeruſalem eſt Agnus ; & Reges terræ afferent gloriam ſuam & honorem in illam ; * Quoniam. Gloria Patri. * Quoniam.

℣. Vous l'avez prévenu, Seigneur, de bénédictions & de graces : ℟. Vous avez mis ſur ſa tête une couronne de pierres précieuſes.

℣. Prævenisti eum, Domine, in benedictionibus dulcedinis : ℟. Poſuiſti in capite ejus coronam de lapide pretioſo.

OREMUS.

DEus, qui ſancto Regi Ludovico tantum infudiſti caritatis ardorem, ut mallet cupiditatibus pravis, quam quibuslibet gentibus imperare: fac nos ejus exemplo, & de peccato ſemper victores, & juſtitiæ legis tuæ ſincero amore ſubjectos; Per Chriſtum Dominum noſtrum. ℟. Amen.

PRIONS.

O Dieu, qui avez inſpiré au Roi ſaint Louis un ſi grand amour de la vertu, qu'il préféroit l'empire ſur ſes paſſions à celui de tous les peuples de la terre: faites qu'à ſon exemple, nous ſoyons toujours victorieux du péché, & ſoumis par un amour ſincére à la juſtice de votre loi: Nous vous en ſupplions par Jeſus-Chriſt notre Seigneur. ℟. Ainſi ſoit-il.

A LA MESSE.

INTROÏT. Pſ. 20.

LE Roi ſe réjouira dans votre force, Seigneur ; le ſalut qui vient de vous, le tranſportera de joie : vous lui avez accordé ce que ſon cœur deſiroit ; & vous n'avez point rejetté les prieres qui ſont ſorties de ſa bouche. *Pſ.* Vous l'avez prévenu de bénédictions & de graces : vous avez mis ſur ſa tête une couronne de pierres précieuſes. Gloire au Pere, au Fils, & au Saint-Eſprit : maintenant, & à jamais, comme dès le commencement, & dans toute l'éternité. Ainſi ſoit-il.

IN virtute tua, Domine, lætabitur Rex, & ſuper ſalutare tuum exultabit vehementer : deſiderium cordis ejus tribuiſti ei, & voluntate labiorum ejus non fraudaſti eum. *Pſ.* Præveniſti eum in benedictionibus dulcedinis : * poſuiſti in capite ejus coronam de lapide pretioſo. Gloria Patri, & Filio, & Spiritui ſancto : ſicut erat in principio, & nunc, & ſemper, & in ſæcula ſæculorum. Amen.

On répete l'Introït juſqu'au Pſeaume.

GLORIA in excelsis Deo : Et in terra pax hominibus bonæ voluntatis. Laudamus te. Benedicimus te. Adoramus te. Glorificamus te. Gratias agimus tibi propter magnam gloriam tuam. Domine Deus, Rex cœlestis, Deus Pater omnipotens. Domine, Fili unigenite, Jesu - Christe ; Domine Deus, Agnus Dei, Filius Patris ; Qui tollis peccata mundi, miserere nobis. Qui tollis peccata mundi, suscipe deprecationem nostram. Qui sedes ad dexteram Patris, miserere nobis. Quoniam tu solus Sanc-

GLOIRE à Dieu dans le Ciel. Et paix sur la Terre aux hommes de bonne volonté. Nous vous louons. Nous vous bénissons. Nous vous adorons. Nous vous glorifions. Nous vous rendons graces dans la vûë de votre gloire infinie. O Seigneur Dieu, Roi du Ciel, ô Dieu Pere Tout-Puissant, ô Seigneur, Fils unique de Dieu, JESUS-CHRIST, ô Seigneur Dieu, Agneau de Dieu, Fils du Pere : O vous, qui effacez les péchés du monde, ayez pitié de nous. O vous qui effacez les péchés du monde, recevez notre priere. O vous qui êtes assis à la droite du Pere, ayez pitié de nous. Car vous, ô JESUS-CHRIST, êtes le seul Saint, le seul Seigneur, le seul Très-Haut, avec le Saint-Esprit, en la gloire de Dieu le Pere. Ainsi soit-il.

tus; Tu solus Dominus, Tu solus Altissimus, Jesu-Christe; cum Sancto Spiritu in gloria Dei Patris. Amen.

COLLECTE.

O Dieu, qui avez fait passer le Roi saint Louis d'un régne temporel à la gloire du Royaume éternel : accordez à ses prieres & à ses mérites, que nous participions au Royaume du Roi des Rois, notre Seigneur Jesus-Christ votre Fils; Qui étant Dieu vit & régne avec vous en l'unité du S. Esprit, dans tous les siécles des siécles.

℟. Ainsi soit-il.

Deus, qui beatum Regem Ludovicum de terreno regno ad cœlestis regni gloriam transtulisti : ejus, quæsumus, meritis & intercessione, Regis Regum Jesu-Christi Filii tui facias nos esse consortes; Qui tecum vivit & regnat in unitate Spiritûs sancti Deus, per omnia sæcula sæculorum.

℟. Amen.

Lectio Libri Machabæorum.

Lecture du Livre des Machabées.

Livre I. Chapitre 3.

IN diebus illis ; Dilatavit [Judas] gloriam populo suo, & induit se loricam sicut gigas, & succinxit se arma bellica sua in præliis, & protegebat castra gladio suo. Similis factus est leoni in operibus suis, & sicut catulus leonis rugiens in venatione. Et persecutus est iniquos, perscrutans eos ; & qui conturbabant populum suum, eos succendit flammis. Et repulsi sunt inimici ejus præ timore ejus, & omnes operarii iniquitatis contur-

EN ces jours-là ; Judas accrut la gloire de son peuple, il se revêtit de la cuirasse comme un géant, il se couvrit de ses armes dans les combats, & son épée étoit la protection de tout le camp. Il devint semblable à un lion dans ses grandes actions, & à un lionceau qui rugit en voyant sa proie. Il poursuivit les méchans en les cherchant de tous côtés, & il brûla ceux qui troubloient son peuple. La terreur de son nom fit fuir ses ennemis devant lui : tous les ouvriers d'iniquité furent dans le trouble ; & son bras procura le salut du peuple. Ses grandes actions firent le désespoir de plusieurs Rois, & la joie de Jacob ; & sa mémoire sera éternellement en bénédiction. Il parcourut les villes de Juda : il en chassa les impies, & il détourna la colere divine de dessus Israël. Son nom devint célébre jusqu'aux extrémités du monde.

bati sunt ; & directa est salus in manu ejus. Et exacerbabat Reges multos, & lætificabat Jacob in operibus suis ; & in sæculum memoria ejus in benedictione. Et perambulavit civitates Juda ; & perdidit impios ex eis, & avertit iram ab Israël. Et nominatus est usque ad novissimum terræ.

GRADUEL. *Ps.* 88.

J'Ai trouvé David mon serviteur : je l'ai sacré de mon huile sainte. ℣. Ma main sera son soutien, & mon bras tout-puissant sera sa force.

INveni David servum meum : oleo sancto meo unxi eum. ℣. Manus mea auxiliabitur ei, & brachium meũ confortabit eum.

Alleluia, alleluia.

℣. Béni soit le Seigneur mon Dieu, qui a formé mes mains aux combats. Alleluia.

℣. Benedictus Dominus Deus meus, qui docet manus meas ad prælium. Alleluia.

PROSE.

QUOTQUOT Dei militiæ
Franci dederunt nomina,
Cœlo fulgens Rex Galliæ,
Tua cantent certamina.

QUE les Guerriers François, & tous ceux qui sont enrollés dans la milice du Dieu vivant, chantent vos combats, ô grand Roi, qui brillez aux plus haut des Cieux.

TU pace Princeps optimus,
Legum firmas oracula :
Tu bello Dux magnanimus,
Nulla fugis pericula.

Excellent Prince dans la paix, vous faites régner les loix plus que vous ne régnez vous-même : Héros intrépide dans les combats, on vous vit toujours où étoit le plus grand danger.

SARACENIS frendentibus,
Oppressa gemat Syria :
Trajectis sacra fluctibus
Exardescis in prælia.

Les Chrétiens sont-ils opprimés sous la cruelle tyrannie des Sarasins, vous entreprenez une guerre sainte : vous traversez les mers, vous brûlez du desir de combatre & de vaincre les ennemis de la foi.

L'armée des Barbares s'avance : vous fondez ſur eux avec un regard menaçant & plein de feu : le ſeul éclat de votre épée les déconcerte, la terreur les ſaiſit : ils ſont enfoncés, terraſſés, vaincus, & diſſipés.

Vous triomphez, la croix brille de tous côtés ſur vos étendarts ; mais Dieu vous prépare une plus ample moiſſon de palmes & de lauriers : je vois le flambeau de la maladie porter ſes mortelles vapeurs dans les tentes de vos ſoldats.

La victoire qui vous favoriſe, & qui vole autour de vos bataillons, va bientôt diſparoître : un déluge de maux va lui ſuccéder ; & nous admirerons en vous une conſtance égale à votre valeur.

Vous louez Dieu dans les fers ; votre

VULTU minax ſidereo
In Barbaros dum irruis,
Enſe corruſcans igneo
Terres, exarmas, deſtruis.

LATE crucis inſignia,
Te triumphante, radiant :
Major palmarum copia,
Morbi faces en æſtuant.

ARMIS favens regalibus
Circumvolat victoria :
Succedit inundantibus
Læta malis conſtantia.

DEUM laudas in vinculis ;

Regina mens non vincitur :
Si fletus ſtillat oculis,
Totus ægris impenditur.

ame royale n'eſt point abbatue : & ſi vos yeux laiſſent couler des larmes, c'eſt ſur le triſte ſort de vos plus braves guerriers.

QUA leone ferocior
Perdebas hoſtes dexterâ,
Hâc foves agno mitior,
Tetra languentûm vulnera.

Plus terrible qu'un lion, on vous a vû renverſer les bataillons de vos ennemis : plus doux qu'un agneau, vous conſolez vos malades ; & cette même main qui porta la mort dans le ſein de tant d'infidéles, panſe les plaies mortelles des ſoldats chrétiens.

EXERCITUS innumeri
De Rege patrem ſentiunt :
Pio dum vacas operi,
Fides & amor geſtiunt.

Votre nombreuſe armée qui vous reſpecte comme ſon Roi, chérit en vous un tendre pere : le rare exemple de votre piété fait renaître la foi dans les cœurs, & rallume dans eux le feu de la charité.

PAX tuo ſtat arbitrio :

Vous concluez la paix ; vous en dictez

en Roi toutes les conditions : de retour en votre royaume, vous y élevez des autels, vous y assurez des secours aux pauvres : la justice & la religion marchent toujours à vos côtés.

Vous cherchez de nouveaux combats dans une terre barbare ; la mort vous arrête, & vous fait monter sur un trône au royaume des Cieux : ô grand Roi, du haut de cette gloire, soyez encore le protecteur de votre France.

Faites par vos prieres que les grands, les soldats & le peuple soient tous unis en JESUS-CHRIST : ayez toujours les yeux attachés sur l'héritier de votre couronne : défendez les limites de son Etat. Ainsi soit-il.

Redis, fundas sacraria :
Hinc & inde Religio
Te stipant & Justitia.

O NOVA captans prælia,
Scandis olympi solium,
Ludovice : de gloria
Tuum serves Imperium.

CHRISTO conjungas populos,
Et principes & milites :
In Rege figas oculos,
Defendas Regni limites.
Amen.

Sequentia sancti Evangelii secundùm Lucam. *Cap.* 19.

IN illo tempore; Dixit Jesus Discipulis suis parabolam hanc: Homo quidam nobilis abiit in regionem longinquam accipere sibi regnum, & reverti. Vocatis autem decem servis suis, dedit eis decem mnas, & ait ad illos: Negotiamini, dum venio. Cives autem ejus oderant eum; & miserunt legationem post illum, dicentes: Nolumus hunc regnare super nos. Et factum est ut rediret, accepto regno; & jussit vocari servos quibus dedit pecuniam, ut

Suite du saint Evangile selon S. Luc. *Chap.* 19.

EN ce tems-là; Jesus dit à ses Disciples cette parabole: Un Seigneur s'en allant dans un païs éloigné, pour prendre possession d'un royaume, & s'en revenir ensuite, appella dix de ses serviteurs ausquels il donna dix marcs d'argent, & leur dit: Faites-les valoir, jusqu'à ce que je revienne. Or ceux de son païs le haïssoient; & ils envoyerent des députés après lui pour lui dire: Nous ne voulons point que cet homme soit notre Roi. Cependant après qu'il eût pris possession du royaume, il revint, & fit appeller les serviteurs ausquels il avoit donné son argent, afin de savoir combien chaçun l'avoit fait valoir. Le premier qui se présenta, dit : Seigneur, votre marc en a produit dix autres. Le maître lui dit : Voilà qui est bien, bon serviteur ; puisque vous avez été fidéle dans peu de choses, vous aurez le gouvernement de dix villes. Celui qui vint le second, dit : Seigneur, votre marc en a produit cinq autres. Pour vous, lui répondit-il, vous aurez le gouvernement de cinq villes. Il en vint un autre, qui dit : Seigneur, voici votre marc que j'ai tenu enveloppé dans un mouchoir ; car je vous ai appréhendé, sachant que vous êtes un homme sévere : vous prenez où vous n'avez pas mis, & vous moissonnez où vous n'avez pas semé. Méchant serviteur, lui dit-il, je vous condamne par votre pro-

sciret quantum quisque negotiatus esset. Venit autem primus, dicens : Domine, mna tua decem mnas acquisivit. Et ait illi : Euge, bone serve ; quia in modico fuisti fidelis, eris potestatem habens super decem civitates. Et alter venit, dicens : Domine, mna tua fecit quinque mnas. Et huic ait : Et tu esto super quinque civitates. Et alter venit, dicens : Domine, ecce mna tua quam habui repositam in sudario ; timui enim te, quia homo austerus es : tollis quod non posuisti, & metis quod non seminasti. Dicit ei : De ore tuo te judico, ſerve nequam; ſciebas quod ego homo auſterus ſum, tollens quod non poſui, & metens quod non ſeminavi: & quare non dediſti pecuniam meam ad menſam, ut ego veniens, cum uſuris utique exegiſſem illam? Et aſtantibus dixit: Auferte ab illo mnam, & date illi qui decem mnas habet. Et dixerunt ei: Domine, habet decem mnas. Dico autem vobis quia omni habenti dabitur, & abundabit; ab eo autem qui non habet, & quod habet auferetur ab eo.

pre bouche; vous ſaviez que je ſuis un homme ſévere, qui prends où je n'ai pas mis, & qui moiſſonne où je n'ai pas ſemé: d'où vient donc que vous n'avez pas mis mon argent à la banque; afin qu'à mon retour je le retiraſſe avec les intérêts? Puis il dit à ceux qui étoient-là: Otez-lui le marc qu'il a, & donnez-le à celui qui a dix marcs. Ils lui repondirent: Seigneur, il en a déja dix. Je vous déclare, repartit-il, qu'on donnera à celui qui a, & il ſera dans l'abondance; mais celui qui n'a point, on lui ôtera même ce qu'il a.

CREDO in unum Deum, Patrem omnipoten-

JE croi en un Dieu, Pere Tout-puiſſant, qui a fait le Ciel

& la Terre, & toutes les choſes viſibles & les inviſibles.

tem, factorem cæli & terræ, viſibilium omnium & inviſibilium.

Et en un ſeul Jeſus-Chriſt, Fils unique de Dieu, & né du Pere avant tous les ſiécles, Dieu de Dieu, lumiere de lumiere, vrai Dieu, de vrai Dieu. Qui n'a pas été fait, mais engendré, eſt conſubſtantiel au Pere, par qui toutes choſes ont été faites. Qui eſt deſcendu des cieux pour nous hommes miſérables, & pour notre ſalut : & ayant pris chair de la Vierge Marie, par l'opération du Saint-Eſprit, A ÉTÉ FAIT HOMME. Qui a été auſſi crucifié pour nous. Qui a ſouffert ſous Ponce Pilate: Qui a été mis au tombeau; eſt reſſuſcité le troiſiéme jour ſelon les Ecritures : eſt monté au Ciel, eſt aſſis à la

Et in unum Dominum Jeſum Chriſtum, Filium Dei unigenitum. Et ex Patre natum ante omnia ſæcula. Deũ de Deo, lumen de lumine, Deum verum de Deo vero. Genitum non factum, conſubſtantialem Patri, per quem omnia facta ſunt. Qui propter nos homines & propter noſtram ſalutem deſcendit de cœlis. Et incarnatus eſt de Spiritu ſancto, ex Maria Virgine : ET HOMO FACTUS EST. Crucifixus etiam pro nobis ſub Pontio Pilato, paſſus

& ſepultus eſt. Et reſurrexit tertiâ die, ſecundùm Scripturas. Et aſcendit in cœlum ſedet ad dexteram Patris. Et iterum venturus eſt cum gloria judicare vivos & mortuos. Cujus regni non erit finis.

droite du Pere. Et viendra de nouveau plein de gloire, juger les vivans & les morts, dont le regne n'aura point de fin.

Et in Spiritũ ſanctum, Dominum, & vivificantem. Qui ex Patre Filioque procedit. Qui cum Patre & Filio ſimul adoratur & conglorificatur. Qui locutus eſt per Prophetas.

Je croi au Saint-Eſprit, qui eſt auſſi Seigneur, & qui donne la vie : qui procede du Pere & du Fils : Qui eſt adoré & glorifié conjointement avec le Pere & le Fils : Qui a parlé par les Prophetes.

Et Unam Sanctam Catholicam & Apoſtolicam Eccleſiam. Confiteor unum Baptiſma in remiſſionem peccatorum. Et expecto reſurrectionem mortuorũ. Et vitam venturi ſæculi. Amen.

Je croi l'Egliſe qui eſt Une, Sainte, Catholique & Apoſtolique. Je confeſſe un Baptême pour la remiſſion des péchés. Et j'attends la réſurrection des morts, & la vie du ſiécle à venir. Ainſi ſoit-il.

OFFERTOIRE.

OFFERTOIRE.

IL loua le Seigneur de tout ſon cœur, & il aima le Dieu qui l'avoit créé : il rendit les fêtes plus célébres, afin qu'on louât le ſaint nom du Seigneur, & que dès le matin on rendît gloire à ſa ſainteté.

DE omni corde ſuo laudavit Dominum, & dilexit Deum qui fecit illum : dedit in celebrationibus decus, ut laudarent nomen ſanctum Domini, & amplificarent manè Dei ſanctitatem.

SECRETE.

ACcordez, Seigneur, à vos ſerviteurs qui vous offrent ces dons, la fermeté d'ame que vous avez donnée à ſaint Louis; enſorte qu'ils ne s'élevent point dans la proſpérité, & qu'ils ne ſoient point abbatus dans l'adverſité : Nous vous en ſupplions par notre Seigneur JESUS-CHRIST, qui vit & regne avec vous en

DA nobis, quæſumus, Domine, per hæc munera quæ tibi offerimus, eam animi conſtantiam, quam beato Ludovico tribuiſti; ut nec proſperis efferamur, nec dejiciamur adverſis; Per Dominum noſtrum Jeſum Chriſtum Filium tuum;

Qui tecum vivit & regnat in unitate Spiritûs ſancti Deus ;

l'unité du Saint Eſprit.

PREFACE.

Per omnia ſæcula ſæculorum.

℟. Amen.

Dominus vobiſcum.

℟. Et cum ſpiritu tuo.

Surſum corda.

℟. Habemus ad Dominum.

Gratias agamus Domino Deo noſtro.

℟. Dignum & juſtum eſt.

Verè dignum & juſtum eſt , æquum & ſalutare , nos tibi ſemper & ubique gratias agere , Domine ſancte , Pater omnipotens, æterne

Dans tous les ſiecles des ſiecles.

℟. Ainſi ſoit-il.

Le Seigneur ſoit avec vous.

℟. Et avec votre eſprit.

Levez les cœurs en haut.

℟. Nous les avons vers le Seigneur.

Rendons graces à Dieu notre Seigneur.

℟. Nous le devons, & il eſt juſte.

Il eſt véritablement juſte & raiſonnable , il eſt équitable & ſalutaire de vous rendre graces en tout tems & en tout lieu , Seigneur très-Saint, Pere tout - puiſſant , Dieu éternel, par Jesus-Christ notre Seigneur; qui êtes glorifié dans l'assemblée des Saints, & qui en couronnant leurs mérites, couronnez vos dons; qui nous donnez dans la vie sainte qu'ils ont menée, des modeles que nous avons à suivre; dans la communion avec eux, une association qui tourne à notre avantage; dans leur intercession pour nous, des protecteurs sensibles à nos besoins; afin qu'étant environnés d'une si grande foule de témoins, nous courions par la patience dans la carriere qui nous est ouverte, & que nous recevions avec eux cette couronne de gloire qui ne se flétrit point, & que nous attendons par J. C. N. S. dont le Sang nous donne entrée au Royaume éternel. C'est par le même

Deus: qui glorificaris in concilio Sanctorum; & eorum coronando merita, coronas dona tua: qui nobis in eorum præbes, & conversatione exemplum, & communione consortium, & intercessione subsidium; ut tantam habentes impositam nubem testium, per patientiam curramus ad propositum nobis certamen, & cum eis percipiamus immarcessibilem gloriæ coronam: Per Jesum Christum Dominum nostrum, cujus sanguine ministratur nobis introitus in æternum regnum; per quem majestatem tuam trementes adorant

Angeli, & omnes Spirituum cœlestiū chori sociâ exultatione concelebrant. Cum quibus & nostras voces, ut admitti jubeas deprecamur, supplici confessione dicentes : Sanctus, &c.

J. C. que les Anges adorent en tremblant votre Majesté suprême, & que tous les Chœurs des Esprits céléstes, célebrent vos louanges dans les transports d'une sainte joye. Faites que nous unissions nos voix à celles de ces Esprits bienheureux pour chanter avec eux : Saint, &c.

COMMUNION. *Ps.* 5 & 137.

Introibo in domum tuam, Domine : adorabo ad templum sanctum tuum, & confitebor nomini tuo.

J'entrerai dans votre maison, Seigneur : je vous adorerai dans votre saint temple, & je bénirai votre Nom.

PSEAUME 19.

EXaudiat te Dominus in die tribulationis : * protegat te nomen Dei Jacob.

QUE le Seigneur vous exauce au jour de l'affliction : que le nom du Dieu de Jacob vous défende.

Qu'il vous envoie ſon ſecours du haut de ſon ſanctuaire, & ſon aſſiſtance de Sion.

Mittat tibi auxilium de ſancto, * & de Sion tueatur te.

Qu'il ſe ſouvienne de tous vos ſacrifices, & qu'il rende votre holocauſte digne de lui.

Memor ſit omnis ſacrificii tui, * & holocauſtum tuum pingue fiat.

Qu'il vous donne tout ce que votre cœur deſire, & qu'il accompliſſe tous vos deſſeins.

Tribuat tibi ſecundùm cor tuum, * & omne conſilium tuum confirmet.

Nous nous réjouirons de la protection que vous recevrez : nous nous en réjouirons au nom du Seigneur, & nous lui rapporterons la gloire de vos ſuccès.

Lætabimur in ſalutari tuo, * & in nomine Dei noſtri magnificabimur.

Que le Seigneur vous accorde toutes vos demandes : je ſçai dès-à-préſent que le Seigneur ſauvera ſon Chriſt.

Impleat Dominus omnes petitiones tuas : * nunc cognovi quoniam ſalvum fecit Dominus Chriſtum ſuum.

Il l'exaucera du ciel qui eſt ſon ſanctuaire :

Exaudiet illum de cœlo ſancto ſuo : *

in potentatibus ſalus dexteræ ejus.

il déploiera pour le ſoutenir, la force de ſon bras tout-puiſſant.

Hi in curribus, & hi in equis; * nos autem in nomine Domini Dei noſtri invocabimus.

Que nos ennemis mettent leur confiance dans leurs chariots & dans leurs chevaux : pour nous, nous invoquerons le nom du Seigneur notre Dieu.

Ipſi obligati ſunt, & ceciderunt; * nos autem ſurreximus, & erecti ſumus.

Ils ont été abbattus, & ils ſont tombés : pour nous, nous nous ſommes relevés, & nous demeurons fermes.

Domine, ſalvum fac Regem; * & exaudi nos in die quâ invocaverimus te.

Seigneur, ſauvez le Roi; & daignez nous exaucer au jour que nous vous invoquons.

Gloria Patri, & Filio, &c.

Gloire ſoit au Pere, & au Fils, &c.

POSTCOMMUNION.

DEus, qui beato Ludovico inter fallaces temporalis regni deli-

O Dieu, qui avez accordé à ſaint Louis la grace de n'avoir l'eſprit & le cœur occupés que de

la félicité éternelle, au milieu des délices trompeuses d'un Royaume temporel : faites-nous aimer de tout notre cœur cette même félicité, dont nous venons de recevoir le gage dans ce Sacrement adorable.

cias, veram æterni regni felicitatem toto corde concupiscere tribuisti : fac nos, quæsumus, ejusdem felicitatis amatores, cujus in hoc Sacramento pignus accepimus.

ACcordez à nos prieres, Dieu tout-puissant, que votre serviteur N. notre Roi, qui par votre miséricorde a reçu la conduite de ce Royaume, reçoive aussi l'accroissement de toutes les vertus ; afin que revêtu de leur force, & saintement orné de leur éclat, il ait les vices en horreur comme autant de monstres ; qu'il soit victorieux de ses ennemis ; & qu'agréable à vos yeux par ses bonnes œuvres, il puisse enfin arriver jusqu'à vous, qui êtes la voie,

QUæsumus omnipotens Deus, ut famulus tuus Rex noster N. qui tua miseratione suscepit regni gubernacula, virtutum etiam omnium percipiat incrementa, quibus decenter ornatus & vitiorum monstra devitare, hostes superare, & ad te qui via veritas & vita es gratiosus valeat pervenire : Per Dominum nostrum Jesum Christum Filium tuum ; Qui tecum vivit & regnat in unitate Spiritûs sancti Deus ; Per omnia sæcula sæculorum.

℟. Amen.

la vérité & la vie ; Par notre Seigneur Jesus-Christ ; qui vit & regne avec vous en l'unité du Saint-Esprit, dans tous les siécles des siécles.

℟. Ainsi soit-il.

AUX SECONDES

VESPRES.

Pater, Ave.

℣. O Dieu, venez à mon aide :

℟. Hâtez-vous, Seigneur, de me secourir.

Gloire au Pere, & au Fils, & au Saint-Esprit : à présent & toujours, comme dès le commencement, & dans tous les siécles des siécles. Ainsi soit-il. Allel.

℣. Deus, in adjutorium meum intende :

℟. Domine, ad adjuvandum me festina. *Ps.* 69.

Gloria Patri, & Filio, & Spiritui sancto : Sicut erat in principio & nunc & semper, & in sæcula sæculorum.

Amen. Alleluia.

ANT. 6. E. In gentibus.

PSEAUME 109.

LE Seigneur a dit à mon Seigneur : Asseyez-vous à ma droite.

DIXIT Dominus Domino meo : * sede à dextris meis.

Donec ponam inimicos tuos : * ſcabellum pedum tuorum.

Jusqu'à ce que je réduiſe vos ennemis à vous ſervir de marche-pié.

Virgam virtutis tuæ emittet Dominus ex Sion : * dominare in medio inimicorum tuorum.

Le Seigneur fera ſortir de Sion le ſceptre de votre puiſſance : régnez ſouverainement au milieu de vos ennemis.

Tecum principium in die virtutis tuæ in ſplendoribus Sanctorum : * ex utero ante luciferum genui te.

Toute puiſſance eſt à vous pour l'exercer au jour de votre force, lorſque vous paroîtrez avec tout l'éclat de votre ſainteté : je vous ai engendré de mon ſein avant l'aurore.

Juravit Dominus, & non pœnitebit eum : * Tu es Sacerdos in æternum ſecundùm ordinem Melchiſedech.

Le Seigneur l'a juré, & il ne retractera pas ſon ferment: Vous êtes le Prêtre éternel ſelon l'ordre de Melchiſedech.

Dominus à dextris tuis : * confregit in die iræ ſuæ Reges.

Le Seigneur eſt à votre droite : il briſera les Rois au jour de ſa colére.

Il jugera les nations, & les détruira : il brisera sur la terre la tête de plusieurs.

Judicabit in nationibus, implebit ruinas : * conquassabit capita in terra multorum.

Il boira dans le chemin de l'eau du torrent ; & c'est par-là qu'il élevera sa tête.

De torrente in via bibet : * propterea exaltabit caput.

Gloire au Pere, &c.

Gloria Patri, &c.

ANT. Dans tous les peuples il n'y avoit point de Roi qui pût l'égaler : il étoit aimé de son Dieu, qui l'avoit établi Roi sur tout Israël.

ANT. In gentibus non erat Rex similis ei, & dilectus Deo suo erat ; & posuit eum Deus Regem super omnem Israël.

ANT. 7. ç. Similis illi.

PSEAUME III.

HEureux l'homme qui craint le Seigneur, & qui met toute son affection dans ses ordonnances.

BEatus vir qui timet Dominum : * in mandatis ejus volet nimis.

Sa postérité sera puissante sur la terre : la race des justes sera comblée de bénédictions.

Potens in terra erit semen ejus : * generatio rectorum benedicetur.

Gloria & divitiæ in domo ejus : * & justitia ejus manet in sæculum sæculi.

La gloire & les richesses sont dans sa maison, & sa justice demeure éternellement.

Exortum est in tenebris lumen rectis : * misericors & miserator & justus.

La lumiere se leve sur les justes au milieu des ténébres : le Seigneur est plein de miséricorde, de tendresse & de justice.

Jucundus homo qui miseretur & commodat, disponet sermones suos in judicio ; * quia in æternum non commovebitur.

Heureux celui qui donne & qui préte, & qui régle ses discours selon l'équité ; parcequ'il ne sera jamais ébranlé.

Il memoria æterna erit justus : * ab auditione mala non timebit.

La mémoire du juste sera éternelle : il ne craindra pas qu'elle soit ternie par des discours injurieux.

Paratum cor ejus sperare in Domino, confirmatum est cor ejus : * non commovebitur, donec despiciat inimicos suos.

Son cœur est préparé à tout, parcequ'il s'appuie sur le Seigneur ; son cœur est inébranlable, & il ne craint rien : il attend que le Seigneur le venge de ses ennemis.

Il répand ſes dons, il eſt libéral envers les pauvres : ſa juſtice demeure éternellement ; il ſera élevé en puiſſance & en gloire.

Diſperſit, dedit pauperibus : * juſtitia ejus manet in ſæculum ſæculi ; cornu ejus exaltabitur in gloria.

Le méchant le verra, & il frémira de colere, il grincera des dents, il ſéchera de dépit : les deſirs des pécheurs périront.

Peccator videbit & iraſcetur, dentibus ſuis fremet & tabeſcet : * deſiderium peccatorum peribit.

Gloire au Pere, &c.

Gloria Patri, &c.

ANT. Il n'y a pas eu avant lui de Roi, qui lui ait été ſemblable, & qui ſe ſoit comme lui attaché au Seigneur de tout ſon cœur, de toute ſon ame, & de toutes ſes forces.

ANT. Similis illi non fuit Rex, qui reverteretur ad Dominum in omni corde ſuo, & in tota anima ſua, & in univerſa virtute ſua.

ANT. 3. a. Confirmavit.

PSEAUME 130.

MON cœur ne s'eſt point enflé, Seigneur, & mes yeux ne ſe ſont point élevés.

DOmine, non eſt exaltatum cor meum, * neque elati ſunt oculi mei.

Neque ambulavi in magnis, * neque in mirabilibus ſuper me.

Je ne me ſuis point occupé de la grandeur, & je n'ai point ſouhaité un rang qui fût au-deſſus de mon état.

Si non humiliter ſentiebam, * ſed exaltavi animam meam;

Si je n'ai point eu d'humbles ſentimens de moi-même, ſi mon cœur s'eſt élevé;

Sicut ablactatus eſt ſuper matre ſua, * ita retributio in anima mea.

Que mon ame ſoit réduite à l'état d'un enfant, que ſa mere vient de ſévrer.

Speret Iſrael in Domino, * ex hoc nunc, & uſque in ſæculum.

Qu'Iſraël mette ſon eſpérance dans le Seigneur, maintenant, & à jamais.

Gloria Patri, & Filio, &c.

Gloire au Pere, & au Fils, &c.

ANT. Confirmavit omnes humiles populi ſui, & legem exquiſivit: ſancta glorificavit, & multiplicavit vaſa ſanctorum.

ANT. Il protégea tous les pauvres de ſon peuple: il fut zélé pour l'obſervation de la loi: il rétablit la gloire du ſanctuaire, & il multiplia les vaſes ſacrés.

ANT. 1. f. Hortabatur ſuos.

PSEAUME 137.

SEigneur, je vous rendrai graces de tout mon cœur, de ce que vous avez exaucé mes prieres.

Je vous chanterai des cantiques en préſence des Anges : je vous adorerai dans votre ſaint temple,

Et je bénirai votre nom à cauſe de votre miſéricorde & de la fidélité de vos promeſſes : j'annoncerai aux nations que la gloire de votre ſaint Nom eſt infinie.

En quelque tems que je vous invoque, exaucez-moi : donnez à mon ame de nouvelles forces.

Que tous les rois de la terre vous louent,

COnfitebor tibi, Domine, in toto corde meo; * quoniam audiſti verba oris mei.

In conſpectu Angelorum pſallam tibi : * adorabo ad templum ſanctum tuum,

Et confitebor nomini tuo ſuper miſericordia tua & veritate tua ; * quoniam magnificaſti ſuper omne, nomen ſanctum tuum.

In quacumque die invocavero te, exaudi me : * multiplicabis in anima mea virtutem.

Confiteantur tibi, Domine, omnes reges terræ; * quia audierunt omnia verba oris tui.

Seigneur ; car ils connoissent la certitude de vos promesses.

Et cantent in viis Domini, * quoniam magna est gloria Domini.

Qu'ils publient votre gloire, en considérant la conduite que vous tenez à l'égard de votre peuple.

Quoniam excelsus Dominus, & humilia respicit, * & alta à longè cognoscit.

Le Seigneur est infiniment élevé : cependant il considére les humbles, & il ne voit que de loin les superbes.

Si ambulavero in medio tribulationis, vivificabis me : * & super iram inimicorum meorum extendisti manum tuam, & salvum me fecit dextera tua.

Si je marche au milieu de l'affliction, vous me conserverez la vie : vous étendrez votre main contre la fureur de mes ennemis, & votre bras tout-puissant me sauvera.

Dominus retribuet pro me : * Domine, misericordia tua in sæculum ; opera manuum tuarum ne despicias.

Le Seigneur prendra ma défense : votre miséricorde, Seigneur, est éternelle ; n'abandonnez pas les ouvrages de vos mains.

Gloria Patri, & Filio, &c.

Gloire soit au Pere, & au Fils, &c.

ANT.

ANT. Il exhortoit les siens de ne point craindre l'abord des ennemis, mais de se rappeller dans l'esprit les secours qu'ils avoient reçu du Ciel.

ANT. Hortabatur suos, ne formidarent ad adventum nationum, sed in mente haberent adjutoria sibi facta de cœlo.

ANT. 4. E. Spiritu.

PSEAUME 143.

BEni soit le Seigneur mon Dieu, qui a formé mes mains au combat, & me les a rendu propres à la guerre.

BEnedictus Dominus Deus meus, qui docet manus meas ad prælium, * & digitos meos ad bellum.

Il me fait sentir les effets de sa miséricorde : il est mon refuge, mon appui & mon libérateur.

Misericordia mea, & refugium meum:* susceptor meus, & liberator meus.

Il est mon protecteur, & j'ai mis en lui mon espérance : c'est lui qui tient mon peuple dans la soumission.

Protector meus, & in ipso speravi: * qui subdit populum meum sub me.

Seigneur, qu'est-ce que l'homme, pour vous faire connoître

Domine, quid est homo, quia innotuisti ei? * aut filius

hominis, quia reputas eum?

à lui? qu'est-ce que le fils de l'homme, pour être aussi présent qu'il l'est à votre pensée?

Homo vanitati similis factus est: * dies ejus sicut umbra prætereunt.

L'homme n'est qu'un néant: ses jours passent comme l'ombre.

Domine, inclina cœlos tuos, & descende: * tange montes, & fumigabunt.

Seigneur, abaissez vos cieux, & descendez: touchez les montagnes, & elles s'en iront en fumée.

Fulgura coruscationem, & dissipabis eos: * emitte sagittas tuas, & conturbabis eos.

Lancez vos éclairs, & vous dissiperez mes ennemis: jettez vos fléches, & vous les mettrez en déroute.

Emitte manum tuam de alto: eripe me, & libera me de aquis multis; * de manu filiorum alienorum,

Tendez-moi la main du haut du ciel, & délivrez-moi: tirez-moi du naufrage, & des mains d'une nation étrangere,

Quorum os locutum est vanitatem; * & dextera eorum, dextera iniquitatis.

Dont la bouche ne profere que des paroles de vanité, & dont la main est souillée d'iniquités.

Deus, canticum

Je vous chanterai

un nouveau cantique, ô mon Dieu : je chanterai ſur la lyre, & ſur l'inſtrument à dix cordes.

novum cantabo tibi : * in pſalterio decachordo pſallam tibi.

Vous qui ſauvez les rois, & qui avez délivré David votre ſerviteur de l'épée des méchans, délivrez-moi.

Qui das ſalutem regibus ; * qui redemiſti David ſervum tuum de gladio maligno, eripe me.

Tirez-moi des mains d'une nation étrangere, dont la bouche ne profére que des paroles de vanité, & dont la main eſt ſouillée d'iniquités.

Et erue me de manu filiorum alienorum, quorum os locutum eſt vanitatem ; * & dextera eorum, dextera iniquitatis.

Leurs enfans croiſſent dans leur jeuneſſe, comme de nouvelles plantes.

Quorum filii ſicut novellæ plantationes * in juventute ſua.

Leurs filles ſont parées & ornées comme des temples.

Filiæ eorum compoſitæ, * circumornatæ ut ſimilitudo templi.

Leurs celliers ſont pleins & regorgent de toute ſorte de fruits.

Promptuaria eorum plena, * eructantia ex hoc in illud.

Oves eorum fœtosæ, abundantes in egressibus suis ; * boves eorum crassæ.

Leurs brebis sont fécondes, & sortent en grand nombre de leurs bergeries : leurs vaches sont grasses.

Non est ruina maceriæ, neque transitus ; * neque clamor in plateis eorum.

Leurs murs sont sans bréche, & leurs villes bien fermées : leurs places ne retentissent point du bruit des allarmes.

Beatum dixerunt populum cui hæc sunt : * beatus populus cujus Dominus Deus ejus.

Heureux, disent-ils, le pleuple qui jouit de ces avantages : mais le peuple véritablement heureux est celui qui a le Seigneur pour son Dieu.

Gloria Patri, & Filio, &c.

Gloire soit au Pere, & au Fils, &c.

ANT. Spiritu magno vidit ultima, & consolatus est lugentes in Sion.

ANT. Il envisagea sa derniere heure avec intrépidité, & il consola ceux qui pleuroient en Sion.

CAPITULE. *Is.* 60.

JErusalem, aperientur portæ tuæ jugiter : die ac nocte non claudentur,

JErusalem, vos portes seront toujours ouvertes : elles ne seront fermées ni le jour ni la nuit ; afin qu'on vous apporte les richesses des nations, & qu'on vous amene leurs Rois; car le peuple & le royaume qui ne vous sera point assujetti, périra.

℟. Rendons graces à Dieu.

ut afferatur ad te fortitudo gentium, & Reges earum adducantur; gens enim & regnum quod non servierit tibi, peribit.

℟. Deo gratias.

HYMNE.

O LOUIS, ô saint Roi, qui brillez à présent de la lumiere de Dieu même, jettez des regards favorables sur votre ancienne patrie; & du séjour de votre gloire, soyez encore le défenseur des Lys, & le protecteur de votre Royaume.

CŒLESTI, Lodoix, lumine fulgidus,
Tellurem patriam providus aspice;
Ex altoque poli protege vertice
Nostræ Lilia Franciæ.

La France ne cessera jamais d'honorer vos précieuses dépouilles, ces cendres chéries qu'elle sçut ravir à une terre barbare : elle s'applaudit

RAPTAS barbaricis exuvias plagis,
Dilectos cineres turba frequens colit :

Hâc te gaudet ovans parte superstitem,
Ingens præsidium sibi.

PLACATUS precibus Omnipotens tuis,
Fœcundo sobolem germine regiam
In longos voluit stirpe satos tuâ
Dudum crescère surculos.

ILLOS continuo flumine gratiæ,
Rex æterne poli, munificus riga:
Fructus ferre pios, ut valeant, simul
Nobis & sibi fertiles.

de vous posséder encore par cette partie de vous-même, qu'elle regarde comme son bonheur, son refuge & sa sûreté.

Le Tout-puissant fléchi par vos prieres a bien voulu accorder aux vœux de ce Royaume de voir de jour en jour votre famille royale se multiplier, & cette heureuse tige porter au loin des rejettons dignes d'être comptés au nombre de vos enfans.

O Roi des cieux, Roi éternel, ne cessez jamais d'arroser des plantes si précieuses: faites couler sur elles des fleuves de bénédictions & de graces: faites qu'également fertiles pour elles, & pour nous, elles portent des fruits de paix, de vertu & de piété.

Gloire immortelle au Pere tout-puiſſant, qui gouverne les Rois, les peuples, & les royaumes : gloire immortelle au Fils, & à vous, ô Eſprit d'amour, qui n'êtes qu'un ſeul Dieu avec le Pere, & qui régnez avec lui dans tous les ſiécles des ſiécles. Ainſi ſoit-il.

IMMORTALE tibi, ſumme Pater, decus,
Qui Reges, populos, regnaque temperas:
Immortalis honor ſit quoque Filio:
Laus compar tibi, Spiritus.
Amen.

℣. Seigneur, j'entrerai dans votre maiſon : ℟. Je vous adorerai dans votre ſaint temple avec une crainte reſpectueuſe.

℣. Introibo in domum tuam, Domine : ℟. Adorabo ad templum ſanctum tuum in timore tuo.

A MAGNIFICAT.

ANT. 5. C. Ambulabunt.

CANTIQUE DE LA SAINTE VIERGE.

S. Luc. I.

MON ame glorifie le Seigneur,

MAgnificat * anima mea Dominum.

Et mon eſprit eſt ravi de joie en Dieu mon Sauveur ;

Et exultavit ſpiritus meus * in Deo ſalutari meo.

Quia respexit humilitatem ancillæ suæ : * ecce enim ex hoc beatam me dicent omnes generationes.

Parce qu'il a regardé la bassesse de sa Servante ; & désormais je serai appellée bienheureuse dans la suite de tous les siécles.

Quia fecit mihi magna qui potens est, * & sanctum nomen ejus.

Car il a fait en moi de grandes choses, lui qui est le Tout-puissant, & dont le Nom est saint.

Et misericordia ejus à progenie in progenies * timentibus eum.

Sa miséricorde se répand d'âge en âge sur ceux qui le craignent.

Fecit potentiam in brachio suo : * dispersit superbos mente cordis sui.

Il a déployé la force de son bras : il a renversé les superbes, en dissipant leurs desseins.

Deposuit potentes de sede, * & exaltavit humiles.

Il a fait descendre les grands de leur trône, & il a élevé les petits.

Esurientes implevit bonis, * & divites dimisit inanes.

Il a rempli de biens ceux qui étoient affamés, & il a renvoyé vuides & pauvres ceux qui étoient riches.

Il a pris en sa protection Israël son serviteur, se souvenant de la bonté,

Suscepit Israël puerum suum, * recordatus misericordiæ suæ,

Qu'il a eu pour Abraham & pour sa race à jamais, selon les promesses qu'il a faites à nos peres.

Sicut locutus est ad patres nostros, * Abraham & semini ejus in sæcula.

Gloire au Pere, & au Fils, &c.

Gloria Patri, & Filio, &c.

ANT. Les Rois, ô Jérusalem, marcheront à la splendeur qui se levera sur vous : ils viendront vous servir, & ils adoreront les traces de vos pas.

ANT. Ambulabunt Reges in splendore ortûs tui, Jerusalem ; & ministrabunt tibi, & venient, & adorabunt vestigia pedum tuorum.

℣. Le Seigneur soit avec vous. ℟. Et avec votre esprit.

℣. Dominus vobiscum. ℟. Et cum spiritu tuo.

PRIONS.

OREMUS.

O Dieu, qui avez fait passer le Roi S. Louis votre Confesseur, d'un régne temporel à la gloire

DEus, qui beatum Regem Ludovicum, Confessorem tuum, de

terreno regno ad cœleſtis regni gloriam tranſtuliſti : ejus, quæſumus, meritis & interceſſione, Regis Regum Jeſu-Chriſti Filii tui facias nos eſſe conſortes ; Qui tecum vivit & regnat in unitate Spiritûs ſancti Deus ; Per omnia ſæcula ſæculorum. Amen.

℣. Dominus vobiſcum, ℟. Et cum ſpiritu tuo.

℣. Benedicamus Domino. ℟. Deo gratias.

du Royaume éternel : accordez à ſes prieres & à ſes mérites, que nous participions au Royaume du Roi des Rois, notre Seigneur Jeſus - Chriſt ; Qui étant Dieu vit & regne avec vous en l'unité du Saint-Eſprit, dans tous les ſiécles des ſiécles. Ainſi ſoit-il.

℣. Le Seigneur ſoit vous. ℟. Et avec votre eſprit.

℣. Béniſſons le Seigneur. ℟. Rendons graces à Dieu.

Antienne à la très-Sainte Vierge.

SALVE, Regina, Mater miſericordiæ ; vita, dulcedo & ſpes noſtra, ſalve : ad te clama-

NOus vous ſaluons, ô notre Reine, ô Mere pleine de douceur & de miſéricorde, vous dont la protection eſt une ſource de vie, de conſolation & de graces : malheureux exilés, enfans infortunés d'une mere coupable, nous nous proſternons à vos piés ; daignez être attentive à nos cris, à nos gémiſſemens, & aux ſoupirs que nous pouſſons vers vous dans cette vallée de larmes : jettez ſur nous un regard favorable : ſoyez notre Avocate auprès de Jeſus-Chriſt votre Fils : obtenez-nous par vos prieres la grace de vous imiter ; afin de voir après notre exil, ce fruit de vie & de bénédiction, que vous avez donné au monde, ô Vierge ſainte ! ô tendre Mere ! ô Marie vrai modéle de vertu & de piété !

mus, exules filii Evæ ; ad te ſuſpiramus, gementes & flentes in hac lacrymarum valle : eia ergo, advocata noſtra, illos tuos miſericordes oculos ad nos converte ; & Jeſum, benedictum fructũ ventris tui, nobis poſt hoc exilium oſtende ; ô clemens ! ô pia ! ô dulcis Virgo Maria !

℣. Les plus riches du peuple auront recours à vous : ℟. Ils vous adreſſeront leurs hommages.

℣. Vultum tuum deprecabuntur.

℟. Omnes divites plebis.

PRIONS.

DIeu Tout-puiſſant & éternel, qui avez préparé avec

OREMUS.

OMnipotens ſempiterne Deus, qui glorioſæ Virginis matris Mariæ corpus & animam, ut dignum Filii tui habitaculum effici mereretur, Spiritu ſanćto cooperante, præparaſti : da ut cujus commemoratione lætamur, ejus piâ interceſſione ab inſtantibus malis, & à morte perpetua liberemur; Per eumdem Chriſtum Dominum noſtrum.

Amen.

la coopération du S. Eſprit, le Corps & l'Ame de la glorieuſe Vierge Marie, pour en faire une demeure digne de votre Fils : accordez à vos ſerviteurs qui célébrent avec joie ſa mémoire, d'être préſervés, par ſon interceſſion, des maux de la vie préſente, & de ceux de l'éternité : Nous vous en ſupplions par le même Jeſus-Chriſt notre Seigneur. Ainſi ſoit-il.

MESSE DES MORTS

POUR LE LENDEMAIN de la Fête de SAINT LOUIS.

INTROÏT.

LES flots m'ont submergé ; & du fond des eaux de la mer j'ai invoqué votre Nom, Seigneur : vous avez entendu ma voix : ne soyez pas insensible à mes gémissemens & à mes cris. *Ps.* Seigneur, je crie vèrs vous du fond de l'abyme : Seigneur, écoutez ma voix. ℣. Donnez-leur le repos éternel, Seigneur ; & faites luire sur eux cette lumiere qui ne

INUNDAVERUNT aquæ super caput meum : invocavi nomen tuum, Domine, de lacu novissimo : vocem meam audisti : ne avertas aurem tuam à singultu meo, & clamoribus. *Psal.* De profundis clamavi ad te, Domine : * Domine exaudi vocem meam. ℣. Requiem æternam dona eis, Domine; * & lux perpetua luceat eis. Inundaverunt.

s'éteint jamais. Les flots m'ont ſubmergé.

COLLECTE.

DEus in cujus oculis non eſt innocens etiam laudabilis hominum vita, ſi remota miſericordia diſcutias eam; ne exquiras peccata animarum quas tibi commendamus: ſed quam fiducialiter ſperamus ac petimus, fac eas aliquam apud te indulgentiam invenire; Per Dominum noſtrum, &c.

O Dieu, en préſence de qui la vie de l'homme la plus pure n'eſt pas innocente, ſi vous l'examinez ſans miſéricorde; daignez ne pas rechercher les péchés des ames que nous vous recommandons: mais accordez-leur de trouver devant vous le degré de pardon que nous eſpérons de vous avec confiance, & que nous vous demandons; Par notre Seigneur, &c.

Pour les Bienfaiteurs.

DEus, veniæ largitor, & humanæ ſalutis amator, quæſumus cle-

O Dieu, qui pardonnez aux pécheurs, & qui aimez le ſalut des hommes; nous ſupplions votre miséricorde, par l'intercession de la bienheureuse Marie toujours Vierge, & de tous vos Saints, de faire arriver à la béatitude éternelle, nos freres, nos parens, & nos bienfaiteurs, qui sont sortis de ce monde.

mentiam tuam, ut nostræ congregationis fratres, propinquos, & benefactores, qui ex hoc sæculo transierunt, beatâ Mariâ semper Virgine intercedente cum omnibus Sanctis tuis, ad perpetuæ beatitudinis consortium pervenire concedas.

Pour tous les Morts.

O Dieu, qui êtes le Créateur, & le Redempteur de tous les Fidéles : accordez aux ames de vos serviteurs & de vos servantes la rémission de tous leurs péchés; afin qu'elles obtiennent, par les très-humbles prieres de votre Eglise, le pardon qu'elles ont toujours attendu de votre miséricorde : Vous qui vivez avec Dieu le Pere, dans

FIdelium, Deus, omnium Conditor & Redemptor, animabus famulorum famularumque tuarum remissionem cunctorum tribue peccatorum; ut indulgentiam quam semper optaverunt, piis supplicationibus consequantur : Qui vivis & regnas cum

Deo Patre, in unitate Spiritûs sancti Deus, &c.

l'unité du Saint-Esprit, &c.

Epître de saint Paul aux Corinthiens, Chap. 15.

FRATRES; si Christus prædicatur quòd resurrexit à mortuis, quomodo quidam dicunt in vobis, quoniam resurrectio mortuorum non est? Si autem resurrectio mortuorum non est, neque Christus resurrexit. Si autem Christus non resurrexit, inanis est ergo prædicatio nostra, inanis est & fides vestra. Invenimur autem & falsi testes Dei; quoniam testimonium diximus adversùs Deũ, quòd suscitaverit

MEs Freres; Puisqu'on vous a prêché que Jesus-Christ est résuscité, comment s'en trouve-t-il parmi vous qui osent dire que les morts ne résuscitent point? Que si les morts ne résuscitent point, Jesus-Christ n'est donc pas résuscité? Et si Jesus-Christ n'est pas résuscité, c'est en vain que nous prêchons, & c'est en vain que vous croyez. Nous serons même convaincu d'avoir été de faux témoins à l'égard de Dieu; puisque nous avons rendu témoignage contre Dieu même, en disant qu'il a résuscité Jesus-Christ, lequel il n'a point résuscité, si les morts

morts ne résuſcitent point. Car ſi les morts ne réſuſcitent point, Jesus-Chriſt n'eſt pas non plus réſuſcité. Que ſi Jesus-Chriſt n'eſt pas réſuſcité, c'eſt en vain que vous recroyez : car vous êtes encore dans vos péchés. Ceux qui ſont morts en Jesus-Chriſt, ſont donc péris ſans reſſource. Si l'eſpérance que nous avons en Jesus-Chriſt n'eſt que pour cette vie, nous ſommes les plus miſérables de tous les hommes. Mais maintenant Jesus-Chriſt eſt réſuſcité ; & il eſt devenu les prémices des morts. Car c'eſt par un homme que la mort eſt venue ; c'eſt auſſi par un homme que vient la réſurrection.

Chriſtum, quem non ſuſcitavit, ſi mortui non reſurgunt. Nam ſi mortui non reſurgunt, neque Chriſtus reſurrexit. Quòd ſi Chriſtus non reſurrexit, vana eſt fides veſtra : adhuc enim eſtis in peccatis veſtris. Ergò & qui dormierunt in Chriſto, perierunt. Si in hac vita tantùm in Chriſto ſperantes ſumus, miſerabiliores ſumus omnibus hominibus. Nunc autem Chriſtus reſurrexit à mortuis, primitiæ dormientium ; quoniam quidem per hominem mors, & per hominem reſurrectio mortuorum.

GRADUEL. *Ps.* 22.

Si ambulem in medio umbræ mortis, non timebo mala ; quoniam tu mecum es, Domine. ℣. Virga tua & baculus tuus, ipsa me consolata sunt.

Quand je marcherois au milieu des ombres de la mort, je ne craindrois rien ; parce que vous êtes avec moi, Seigneur. ℣. Votre verge & votre bâton me rassurent & me consolent.

TRAIT. 2 *Rois*. 22.

Dominus petra mea, & robur meum, & Salvator meus. Funes inferni circumdederunt me : prævenerunt me laquei mortis. In tribulatione mea invocabo Dominum, & ad Deum meum clamabo. Et exaudiet de templo suo vocem meam ; & clamor meus veniet ad aures ejus.

Le Seigneur est mon rocher : il est ma force, & mon Sauveur. Les liens du tombeau m'environnent ; & je suis enveloppé des filets de la mort. Je ne cesserai d'invoquer le Seigneur dans mon affliction, & de pousser des cris vers mon Dieu. De son Temple il entendra ma voix ; & mes cris pénétreront jusqu'à ses oreilles.

PROSE.

O JOUR de colere & de vengeance, qui fera paroitre dans le Ciel l'étendart de la croix, & qui réduira en cendre tout l'univers!

DIES, iræ dies illa,
Crucis expandens vexilla,
Solvet ſeclum in favilla!

Quelle ſera la frayeur des hommes, lorſque le ſouverain Juge paroîtra pour examiner toutes leurs actions ſelon la rigueur de ſa juſtice!

QUANTUS tremor eſt futurus,
Quando Judex eſt venturus,
Cuncta ſtrictè diſcuſſurus!

Le ſon éclatant de la trompette qui ſe fera entendre juſque dans les tombeaux, raſſemblera tous les morts devant le tribunal du Seigneur.

TUBA mirum ſpargens ſonum
Per ſepulcra regionum,
Coget omnes ante thronum.

Toute la nature & la mort même ſeront dans l'étonnement & l'effroi, lorſque les hommes réſuſciteront pour répondre devant ce Juge terrible.

MORS ſtupebit & natura,
Cùm reſurget creatura,
Judicanti reſponſura.

LIBER ſcriptus proferetur,
In quo totum continetur
Unde mundus judicetur.

On ouvrira le livre où eſt écrit tout ce qui doit être la matiere de ce jugement formidable.

JUDEX ergo cùm ſedebit,
Quidquid latet apparebit,
Nil inultum remanebit.

Et quand le Juge ſera aſſis ſur ſon trône, on verra à découvert tout ce qui étoit caché, & aucun crime ne demeurera impuni.

QUID ſum miſer tunc dicturus?
Quem patronum rogaturus,
Cùm vix juſtus ſit ſecurus?

Que dirai-je alors, malheureux que je ſuis? Qui prierai-je d'intercéder pour moi auprès d'un Juge, devant qui les Juſtes mêmes ne paroîtront qu'en tremblant!

REX tremendæ majeſtatis,
Qui ſalvandos ſalvas gratis,
Salva me, fons pietatis.

O Roi dont la majeſté eſt ſi redoutable, Dieu qui ſauvez vos élûs par une miſéricorde toute gratuite; ſauvez-moi, ô ſource de toute bonté.

Jesus plein de tendresse pour les hommes, souvenez vous que c'est pour moi que vous êtes descendu du Ciel sur la terre : ne me condamnez pas en ce jour terrible.

RECORDARE, Jesu pie,
Quòd sum causa tuæ viæ :
Ne me perdas illâ die.

Vous avez bien voulu vous lasser en me cherchant, & vous avez souffert la mort de la croix pour me racheter : que je ne perde pas le fruit de vos travaux.

QUÆRENS me, sedisti lassus ;
Redemisti, crucem passus :
Tantus labor non sit cassus.

O Juge, qui punirez les crimes avec une justice inflexible, accordez-moi le pardon de mes fautes avant le jour de votre jugement rigoureux.

JUSTE Judex ultionis,
Donum fac remissionis
Ante diem rationis.

Les péchés dont je suis coupable, me font gémir & me couvrent de confusion : pardonnez, mon Dieu, a un criminel qui implore votre miséricorde.

INGEMISCO, tanquam reus ;
Culpâ rubet vultus meus :
Supplicanti parce, Deus.

PECCATRICEM absolvisti, Et latronem exaudisti; Mihi quoque spem dedisti.	En remettant à la pécheresse toutes ses iniquités, & en exauçant les prieres du bon larron, vous m'avez aussi donné lieu d'espérer en votre bonté.
PRECES meæ non sunt dignæ: Sed tu bonus fac benignè, Ne perenni cremer igne.	Je sçais que mes prieres sont indignes d'être exaucées, mais je m'appuie sur votre clémence, en vous suppliant de ne point me condamner au feu éternel.
INTER oves locum præsta, Et ab hœdis me sequestra, Statuens in parte dextra.	Séparez-moi des boucs qui seront à votre gauche, & placez-moi à votre droite avec les brebis.
CONFUTATIS maledictis, Flammis acribus addictis, Voca me cum benedictis.	Séparez moi de ces maudits que vous chasserez de devan- vous, & que vous cont damnerez à des supplices rigoureux; & appellez-moi avec les bénis de votre Pere.
ORO supplex & acclinis,	Prosterné devant votre majesté suprê-

me avec un cœur contrit & humilié, je vous conjure, Seigneur, d'avoir pitié de moi au moment de ma mort.

Cor contritum quasi cinis ;
Gere curam mei finis.

O jour redoutable, auquel l'homme coupable sortira de la poussiere du tombeau, pour être jugé par celui qu'il a offensé !

LACRYMOSA dies illa,
Quâ resurget ex favilla

Pardonnez-lui, ô Dieu de miséricorde.

JUDICANDUS homo reus !
Huic ergo parce, Deus.

Seigneur Jesus, plein de bonté, donnez-leur le repos éternel. Ainsi soit-il.

PIE Jesu Domine,
Dona eis requiem.
Amen.

Suite du S. Evangile selon S. Jean, Ch. 5.

EN ce tems-là ; JESUS dit aux Juifs : Celui qui écoute ma parole, & qui croit à celui qui m'a envoyé, a la vie éternelle, & il ne tombe point dans la condamnation ; mais il est déja passé de la mort à la vie. En vé-

IN illo tempore ; Dixit JESUS Judæis : Qui verbum meum audit, & credit ei qui misit me, habet vitam æternam, & in judicium non venit ; sed transiit à morte in vitam.

Amen, amen dico vobis, quia venit hora, & nunc eſt, quando mortui audient vocem Filii Dei : & qui audierint, vivent.

rité, en vérité je vous le dis; le tems va venir, & il eſt déja venu, où les morts entendront la voix du Fils de Dieu; & ceux qui l'auront entendue, vivront.

OFFERTOIRE.

DOmine Rex, Deus Abraham, miſerere populi tui : ne deſpicias partem tuam, quam redemiſti tibi ; & propitius eſto ſorti & funiculo tuo: converte luctum noſtrum in gaudium ; ut viventes laudemus nomen tuum, Domine.

SEigneur Roi, Dieu d'Abraham, ayez pitié de votre peuple : ne mépriſez pas ce peuple que vous vous êtes rendu propre : ſoïez favorable à ceux que vous avez pris pour votre partage : changez, Seigneur, nos larmes en joie ; afin que nous vivions, & que nous chantions à jamais la gloire de votre nom.

SECRETE.

HAnc oblationem, quam tibi pro requie & animabus famulorum tuorum, (*vel famularum tuarum*)

NOus vous prions Seigneur, de regarder d'un œil favorable l'offrande que nous vous préſentons pour le repos de vos ſerviteurs (*ou* de vos servantes) & d'accorder que ce sacrifice que vous avez préparé pour servir de remede à tous les vivans, devienne pour les morts le pardon de leurs péchés; Par Notre Seigneur, &c.

offerimus, quæsumus, Domine, propitius intuere; & concede, ut & mortuis prosit ad veniam, quod cunctis viventibus præparare dignatus es ad medelam; Per Dominum, &c.

Pour les Bienfaiteurs.

O Dieu, dont la miséricorde est infinie, écoutez favorablement les prieres que nous vous adressons avec les sentimens d'une profonde humilité; & accordez, par la vertu de ce Sacrement de notre salut, la rémission de tous leurs péchés, aux ames de nos freres, de nos parens, & de nos bienfaiteurs, à qui vous avez fait la grace de confesser votre Nom.

DEus, cujus misericordiæ non est numerus, suscipe propitius preces humilitatis nostræ; & animabus fratrum, propinquorum, & benefactorum nostrorum, quibus tui nominis dedisti confessionem, per hæc Sacramenta salutis nostræ, cunctorum remissionē tribue peccatorum.

Pour tous les Morts.

HOSTIAS, quæsumus Domine, quas tibi pro animabus famulorum famularumque tuarum offerimus, propitiatus intende; ut quibus fidei Christianæ meritum contulisti, dones & præmium : Per Dominum nostrum Jesum Christum Filium tuum ; Qui tecum vivit & regnat in unitate Spiritûs sancti Deus ;

REGARDEZ avec bonté, Seigneur, ces hosties que nous vous offrons pour les ames de vos serviteurs & de vos servantes : & après leur avoir accordé la grace de faire profession de la Foi Chrétienne, daignez aussi leur en donner la récompense : Par notre Seigneur Jesus-Christ votre Fils ; qui vit & regne avec vous en l'unité du Saint-Esprit ;

PRÉFACE.

Per omnia sæcula sæculorum.

℟. Amen.

Dominus vobiscum.

Dans tous les siecles des siecles.

℟. Ainsi soit-il.

Le Seigneur soit avec vous.

℟. Et avec votre esprit.

Levez les cœurs en haut.

℟. Nous les avons vers le Seigneur.

Rendons graces à Dieu notre Seigneur.

℟. Nous le devons, & il est juste.

Il est véritablement juste & raisonnable, il est équitable & salutaire de vous rendre graces en tous tems & en tout lieu, Seigneur très-Saint, Pere tout-puissant, Dieu éternel, par JESUS-CHRIST notre Seigneur, dans lequel vous nous avez accordé l'espérance de la bienheureuse résurrection; afin que si l'inévitable nécessité de mourir, attriste la nature humaine, la promesse de l'immortalité future encoura-

℟. Et cum spiritu tuo.

Sursum corda.

℟. Habemus ad Dominum.

Gratias agamus Domino Deo nostro.

℟. Dignum & justum est.

Verè dignum & justum est, æquum & salutare, nos tibi semper & ubique gratias agere, Domine sancte, Pater omnipotens, æterne Deus, Per Christum Dominum nostrum: in quo nobis spem beatæ resurrectionis concessisti, ut dum naturam contristat certa moriendi conditio, fidem consoletur futuræ immortalitatis promissio. Tuis enim fidelibus, Domine, vita mutatur non tollitur; & dissolutâ terrestris hujus habitationis domo, æterna in cœlis habitatio comparatur. Et ideò cum Angelis & Archangelis, cum Thronis & Dominationibus, cumque omni militia cœlestis exercitûs, Hymnum gloriæ tuæ canimus, sine fine dicentes : Sanctus, &c.

ge & console notre foi : car pour vos fidéles, Seigneur, mourir n'est pas perdre la vie, mais passer à une vie meilleure; & lorsque cette maison de terre où ils habitent vient à se détruire, ils en acquierent une dans le Ciel, qui durera éternellement. C'est pourquoi nous nous unissons aux Anges & aux Archanges, aux Trônes, aux Dominations, & à toute l'Armée céleste, pour chanter l'Hymne de votre gloire, & dire sans cesse : Saint, &c.

COMMUNION. *Ps.* 114.

CONvertere, anima mea, in requiem tuam; quia Dominus benefecit tibi : placebo Domino in regione vivorum.

ENtrez dans votre repos, ô mon ame; parce que le Seigneur vous a comblé de ses graces : je ne serai occupé qu'à plaire au Seigneur dans la terre des vivans.

POSTCOMMUNION.

APpaisez-vous, Seigneur, envers les ames de vos serviteurs (*ou* de vos servantes) pour lesquelles nous vous avons offert ce sacrifice; afin que le pardon de votre miséricorde efface en elles toutes les taches qu'elles ont pu contracter par leur commerce avec les choses de la terre; nous vous le demandons; Par Notre Seigneur, &c.

ANimabus famulorum tuorum, (*vel* famularum tuarum) Domine, pro quibus hoc tibi obtulimus sacrificium, placatus adesto; ut si quæ eis maculæ de terrenis contagiis adhæserunt, miserationis tuæ veniâ deleantur; Per Dominum nostrum, &c.

Pour les Bienfaiteurs.

FAites, s'il vous plaît, Dieu tout-puissant & miséricordieux, que les ames de nos freres, de nos parens, & de nos bienfaiteurs, pour lesquelles nous avons offert ce sacrifice de louange à votre divi-

PRæsta, quæsumus, omnipotens & misericors Deus, ut animæ fratrum, propinquorum, & benefactorum nostrorum, pro quibus hoc sacrificium laudis tuæ obtulimus majeſtati, ejuſdem virtute ſacrificii, à peccatis omnibus expiatæ, lucis perpetuæ, te miſerante, recipiant beatitudinem.

ne majeſté, ſoient purifiées de tous leurs péchés par la vertu de ce même ſacrifice, & qu'elles reçoivent de votre bonté infinie le bonheur de la lumiere éternelle.

Pour tous les Morts.

ANimabus, quæſumus, Domine, famulorum famularumque tuarum, oratio proficiat ſupplicantium; ut eas, & à peccatis omnibus exuas, & tuæ redemptionis facias eſſe participes: Qui vivis & regnas cum Deo Patre, &c.

QUE les humbles prieres que nous vous adreſſons, Seigneur, pour les ames de vos ſerviteurs & de vos ſervantes, leur deviennent utiles; afin que vous les dégagiez de tous les liens de leurs péchés, & que vous les faſſiez jouir du fruit de votre rédemption: Vous qui étant Dieu, vivez & régnez, &c.

℟. Libera me, Domine, ab iis qui oderunt me: non abſorbeat me pro-

℟. Délivrez-moi, Seigneur, de ceux qui me haïſſent: que je ne ſois point englouti dans l'abîme, & que

le puits où l'on me jette ne se ferme point sur moi : * Exaucez-moi, Seigneur, † dont la bonté est toujours prête à pardonner : § Prenez soin de mon ame, & délivrez-la. ℣. Dieu vous a établi la victime de propitiation, pour remettre les péchés de ceux qui croiroient en vous par la foi. * Exaucez-moi. Délivrez-moi, &c.

fundum, neque urgeat super me puteus os suum : * Exaudi me, quoniam † Benigna est misericordia tua : § Intende animæ meæ, & libera eam. ℣. Proposuit te Deus propitiationem per fidem propter remissionem delictorum. * Exaudi me. Libera me, &c.

PSEAUME 129.

SEigneur, je me suis écrié vers vous du profond abîme de mes ennuis : Seigneur, écoutez ma priere.

DE profundis clamavi ad te, Domine, * Domine exaudi vocem meã.

Rendez, s'il vous plaît, vos oreilles attentives aux accens de mes plaintes.

Fiant aures tuæ intendentes, * in vocem deprecationis meæ.

Seigneur, si vous examinez de près nos offenses, qui pourra soutenir les efforts de votre colere ?

Si iniquitates observaveris, Domine, * Domine, quis sustinebit ?

Quia apud te propitiatio eſt, * & propter legem tuam ſuſtinui te, Domine.

Mais la clémence ſe trouve chez vous ; & j'attens avec patience l'effet de votre promeſſe.

Suſtinuit anima mea in verbo ejus, * ſperavit anima mea in Domino.

Mon ame s'eſt aſſurée ſur votre parole, & elle a mis ſes eſpérances au Seigneur.

A cuſtodia matutina uſque ad noctem, * ſperet Iſraël in Domino.

Depuis la garde du matin juſqu'à la nuit, qu'Iſraël eſpére au Seigneur.

Quia apud Dominum miſericordia, * & copioſa apud eum redemptio.

Parce que le Seigneur eſt miſéricordieux, & que ſa grace eſt puiſſante pour nous racheter.

Et ipſe redimet Iſraël,* ex omnibus iniquitatibus ejus.

Et lui-même rachetera Iſraël, & le délivrera de toutes ſes iniquités.

Requiem æternam dona eis, Domine ; * & lux perpetua luceat eis.

Seigneur, donnez le repos éternel aux ames des défunts, & que votre lumiere éternelle luiſe ſur eux.

Seigneur,

Seigneur, ayez pitié de nous.	Kyrie eleiſon.
Chriſt, ayez pitié de nous.	Chriſte eleiſon.
Seigneur, ayez pitié de nous.	Kyrie eleiſon.
Notre Pere. ℣. Et ne nous induiſez pas à la tentation.	Pater noſter. ℣. Et ne nos inducas in tentationem.
℟. Mais délivrez-nous du mal.	℟. Sed libera nos à malo.
℣ La mémoire des Juſtes ſera éternelle.	℣. In memoria æterna erunt juſti.
℟. Ils ne craindront point qu'elle ſoit ternie par des diſcours injurieux.	℟. Ab auditione mala non timebunt.
℣. Des portes de l'enfer,	℣. A porta inferi,
℟. Seigneur, délivrez leurs ames.	℟. Erue, Domine, animas eorum.
℣. J'ai une ferme confiance que je jouirai des biens du Seigneur, ℟ Dans la terre des vivans.	℣. Credo videre bona Domini, ℟. In terra viventium.
℣. Qu'ils repoſent en paix.	℣. Requieſcant in pace.
℟. Ainſi ſoit-il.	℟. Amen.

OREMUS.	ORAISON.
ABſolve, quæſumus, Domine, animam famuli tui, & animas omnium fidelium defunctorum, ab omni vinculo delictorum : ut in reſurrectionis gloria, inter Sanctos & Electos tuos reſſuſcitati reſpirent ; Per eum qui venturus eſt judicare vivos & mortuos, & ſæculum per ignem.	DElivrez, Seigneur de tout lien du péché l'ame de votre ſerviteur, & les ames de tous vos fidéles qui ſont morts ; afin que dans la gloire de la réſurrection, ils reſſuſcitent avec vos Saints & vos Elûs, & jouiſſent avec eux de votre paix & de votre bonheur ; Par celui qui doit venir juger les vivans & les morts, & le monde par le feu.
℟. Amen.	℟. Ainſi ſoit-il.
℣. Requieſcant in pace.	℣. Qu'ils repoſent en paix.
℟. Amen.	℟. Ainſi ſoit-il.

MESSE
POUR LES SERVICES particuliers.

INTROÏT. *Exode.* 33. *Pſ.* 70.

JE vous donnerai le repos, dit le Seigneur ; car vous avez trouvé grace devant moi, & je vous connois par votre nom : je vous ferai jouir de toutes ſortes de biens. *Pſ.* J'ai mis mon eſpérance en vous, Seigneur ; je ne ſerai pas confondu à jamais : délivrez-moi par votre juſtice, & tirez-moi de l'abîme. Donnez-leur, Seigneur, le repos éternel ; & que votre lumiere luiſe à jamais ſur eux. Je vous donnerai le repos, dit le Seigneur.

REQUIEM dabo tibi, dicit Dominus ; inveniſti enim gratiam coram me, & te ipſum novi ex nomine : ego oſtendam omne bonum tibi. *Pſ.* In te, Domine, ſperavi ; non confundar in æternum : * in juſtitia tua libera me. ℣. Requiẽ æternam dona eis, Domine; * & lux perpetua luceat eis. Requiem dabo tibi, dicit Dominus.

COLLECTE.

INclina, Domine, aurem tuam ad preces nostras, quibus misericordiam tuam supplices deprecamur; ut animam famuli tui *N.* quam de hoc seculo migrare jussisti, in pacis ac lucis regione constituas, & Sanctorum tuorum jubeas esse consortem; Per Dominum nostrũ Jesum Christum, &c.

SEigneur, prêtez l'oreille aux prieres par lesquelles nous conjurons humblement votre miséricorde, de placer dans le lieu de la paix & de la lumiere, l'ame de votre serviteur *N.* que vous avez fait sortir de ce monde, & d'ordonner qu'elle soit associée à la gloire de vos Saints; Par notrê Seigneur Jesus-Christ, &c.

Epître de Saint Paul aux Thessal. 1.
Chap. 4.

NOlumus vos ignorare, Fratres, de dormientibus; ut non contristemini, sicut & ceteri qui spem non

NOus ne voulons pas, mes Freres, que vous ignoriez ce qui regarde les morts; afin que vous ne vous abandonniez point à la tristesse, comme les autres hommes qui n'ont point d'espérance. En effet, si nous croyons que JESUS est mort & est ressuscité, nous devons croire aussi que Dieu amenera avec JESUS ceux qui seront morts en lui. Aussi nous vous déclarons, comme l'ayant appris du Seigneur, que nous qui sommes en vie, & qui sommes réservés jusqu'à son avénement, nous ne préviendrons point ceux qui sont morts. Car dès que le signal aura été donné par la voix de l'Archange & par la trompette de Dieu, le Seigneur lui-même descendra du Ciel ; & ceux qui seront morts en JESUS-CHRIST, ressusciteront les premiers : ensuite nous autres qui sommes en vie, & qui serons demeurés jusqu'alors, nous serons enlevés avec eux sur les nuées,

habent. Si enim credimus quòd JESUS mortuus est, & resurrexit; ita & Deus eos, qui dormierunt per JESUM, adducet cum eo. Hoc enim vobis dicimus in verbo Domini; quia nos qui vivimus, qui residui sumus in adventum Domini, non præveniemus eos qui dormierunt. Quoniam ipse Dominus in jussu, & in voce Archangeli, & in tuba Dei, descendet de cœlo : & mortui qui in Christo sunt, resurgent primi. Deinde nos qui vivimus, qui relinquimur, simul rapiemur cum illis in nubibus obviam Christo in aera; &

ſic ſemper cum Domino erimus. Itaque conſolamini invicem in verbis iſtis.

pour aller dans les airs au devant de JESUS-CHRIST; & ainſi nous ſerons éternellement avec le Seigneur. Conſolez-vous donc les uns les autres par ces vérités.

GRADUEL. *Job.* 14.

EXpecto, Domine, donec veniat immutatio mea: vocabis me, & ego reſpondebo tibi: operi manuum tuarum porriges dexteram. ℣. Tu quidem greſſus meos dinumeraſti; ſed parce peccatis meis.

J'Attends, Seigneur, que mon changement arrive: vous m'appellerez, & je vous répondrai vous tendrez la main à l'ouvrage que vous avez formé. ℣. Je ſçai que vous avez compté tous mes pas; mais pardonnez-moi mes péchés.

TRAIT. *Pſ.* 142.

NOn intres in judicium cum ſervo tuo, Domine; quia non juſtificabitur in conſpectu tuo omnis vivens. Ex-

SEigneur, n'entrez point en jugement avec votre ſerviteur; parce que nul homme vivant ne ſera trouvé innocent devant vous. J'éleve les mains vers vous ; & mon ame vous attend comme une terre séche attend la pluie. Faites-moi entendre dès le matin la voix de votre miséricorde ; parce que j'ai mis en vous mon espérance. Que votre esprit plein de bonté me conduise dans le séjour de l'équité : Seigneur, infiniment juste, faites-moi vivre éternellement, pour la gloire de votre Nom.

pandi manus meas ad te : anima mea sicut terra sine aqua tibi. Auditam fac mihi manè misericordiam tuam, quia in te speravi. Spiritus tuus bonus deducet me in terram rectam : propter nomen tuum, Domine, vivificabis me in æquitate tua.

PROSE.

O JOUR de colere & de vengeance, qui fera paroître dans le Ciel l'étendart de la croix, & qui réduira en cendre tout l'Univers !

Quelle sera la frayeur des hommes, lorsque le souverain Juge paroîtra pour examiner toutes leurs actions selon la rigueur de sa Justice !

DIES iræ, dies illa,
Crucis expandens vexilla,
Solvet seclum in favilla !

QUANTUS tremor est futurus,
Quando Judex est venturus,
Cuncta strictè discussurus !

TUBA mirum ſpargens ſonum
Per ſepulcra regionum,
Coget omnes ante thronum.

Le ſon éclatant de la trompette qui ſe fera entendre juſques dans les tombeaux, raſſemblera tous les morts devant le Tribunal du Seigneur.

MORS ſtupebit & natura,
Cùm reſurget creatura,
Judicanti reſponſura.

Toute la nature & la mort même ſeront dans l'étonnement & l'effroi, lorſque les hommes réſuſciteront pour répondre devant ce Juge terrible.

LIBER ſcriptus proferetur,
In quo totum continetur
Unde mundus judicetur,

On ouvrira le livre où eſt écrit tout ce qui doit être la matiere de ce jugement formidable.

JUDEX ergo cùm ſedebit,
Quidquid latet apparebit,
Nil inultum remanebit.

Et quand le Juge ſera aſſis ſur ſon Trône, on verra à découvert tout ce qui étoit caché, & aucun crime ne demeurera impuni.

Que dirai-je alors, malheureux que je ſuis? Qui prierai-je d'intercéder pour moi auprès d'un Juge, devant qui les Juſtes mêmes ne paroîtront qu'en tremblant?

QUID ſum miſer tunc dicturus?
Quem patronum rogaturus,
Cùm vix juſtus ſit ſecurus?

O Roi dont la majeſté eſt ſi redoutable, Dieu qui ſauvez vos Elûs par une miſéricorde toute gratuite; ſauvez-moi, ô ſource de toute bonté.

REX tremendæ majeſtatis,
Qui ſalvandos ſalvas gratis,
Salva me, fons pietatis.

Jeſus plein de tendreſſe pour les hommes, ſouvenez-vous que c'eſt pour moi que vous êtes deſcendu du Ciel ſur la terre: ne me condamnez pas en ce jour terrible.

RECORDARE, Jeſu pie,
Quòd ſum cauſa tuæ viæ:
Ne me perdas illâ die.

Vous avez bien voulu vous laſſer en me cherchant, & vous avez ſouffert la mort de la croix pour me racheter: que je ne perde pas le fruit de vos travaux.

QUÆRENS me, ſediſti laſſus;
Redemiſti, crucem paſſus:
Tantus labor non ſit caſſus.

JUSTE Judex ultionis,
Donum fac remissionis
Ante diem rationis.

O Juge, qui punirez les crimes avec une justice inflexible, accordez-moi le pardon de mes fautes avant le jour de votre jugement rigoureux.

INGEMISCO, tanquam reus;
Culpâ rubet vultus meus:
Supplicanti parce, Deus.

Les péchés dont je suis coupable, me font gémir & me couvrent de confusion : pardonnez, mon Dieu, à un criminel qui implore votre miséricorde.

PECCATRICEM absolvisti,
Et latronem exaudisti;
Mihi quoque spem dedisti.

En remettant à la pécheresse toutes ses iniquités, & en exauçant les prieres du bon larron, vous m'avez aussi donné lieu d'espérer en votre bonté.

PRECES meæ non sunt dignæ:
Sed tu bonus fac benignè,
Ne perenni cremer igne.

Je sçais que mes prieres sont indignes d'être exaucées, mais je m'appuie sur votre clémence, en vous suppliant de ne point me condamner au feu éternel.

Séparez-moi des boucs qui seront à votre gauche, & placez-moi à votre droite avec les brebis.

Séparez-moi de ces maudits que vous chasserez de devant vous, & que vous condamnerez à des supplices rigoureux ; & appellez-moi avec les bénis de votre Pere.

Prosterné devant votre majesté suprême avec un cœur contrit & humilié, je vous conjure, Seigneur, d'avoir pitié de moi au moment de ma mort.

O jour redoutable, auquel l'homme coupable sortira de la poussiere du tombeau, pour être jugé par celui qu'il a offensé !

Pardonnez lui, ô Dieu de miséricorde.

INTER oves locum præsta,
Et ab hœdis me sequestra,
Statuens in parte dextra.

CONFUTATIS maledictis,
Flammis acribus addictis,
Voca me cum benedictis.

ORO supplex & acclinis,
Cor contritum quasi cinis ;
Gere curam mei finis.

LACRYMOSA dies illa,
Quâ resurget ex favilla

JUDICANDUS homo reus !
Huic ego parce, Deus.

PIE Jesu Domine, Dona eis requiem. Amen.

Seigneur Jesus; plein de bonté, donnez-leur le repos éternel. Ainsi soit-il.

Suite du saint Evangile selon S. Jean, Ch. 11.

IN illo tempore; Dixit Martha ad JESUM: Domine, si fuisses hîc, frater meus non fuisset mortuus; sed & nunc scio quia quæcumque poposceris à Deo, dabit tibi Deus. Dicit illi JESUS: Resurget frater tuus. Dicit ei Martha: Scio quia resurget in resurrectione, in novissimo die. Dixit ei JESUS: Ego sum resurrectio & vita. Qui credit in me, etiam si mortuus fuerit, vivet: & omnis qui vivit, & credit in me, non morietur in æter-

EN ce tems-là; Marthe dit à JESUS: Seigneur, si vous eussiez été ici, mon frere ne seroit pas mort; mais je sçai que présentement même Dieu vous accordera tout ce que vous lui demanderez. JESUS lui répondit: Votre frere ressuscitera. Marthe lui dit: Je sçai qu'il ressuscitera en la résurrection du dernier jour. JESUS lui répartit: Je suis la résurrection & la vie: celui qui croit en moi, vivra, quand même il seroit mort. Et quiconque vit & croit en moi, ne mourra jamais. Croyez-vous cela? Elle lui répondit: Oui, Seigneur, je croi que vous êtes le Christ, le Fils du

Dieu vivant, qui êtes venu dans le monde.

num. Credis hoc, Ait illi : Utique, Domine, ego credidi quia tu es Christus Filius Dei vivi, qui in hunc mundum venisti.

OFFERTOIRE. *S. Jean. 5.*

CElui qui écoute ma parole, & qui croit à celui qui m'a envoyé, a la vie éternelle, & il n'encourt pas la condamnation ; mais il passe de la mort à la vie.

QUI verbum meum audit, & credit ei qui misit me, habet vitam æternam, & in judicium non venit, sed transiit à morte in vitam.

SECRETE.

NOus vous supplions, Seigneur, de rendre profitable à l'ame de votre serviteur *N.* l'offrande de cette Hostie, à l'immolation de laquelle vous avez accordé le pardon des péchés de tous les hommes ; Par le même Seigneur Jesus-Christ votre

ANNUE nobis, quæsumus, Domine, ut animæ famuli tui *N.* hæc prosit oblatio ; quam immolando, totius mundi tribuisti relaxari delicta ; Per eumdem Dominum nostrũ Jesum Chriſtum Filium tuum ; Qui tecum vivit & regnat in unitate Spiritûs ſancti Deus ;

Fils ; qui vit & regne avec vous en l'unité du Saint-Eſprit ;

PRÉFACE.

Per omnia ſæcula ſæculorum.

Dans tous les ſiécles des ſiécles.

℞. Amen.

℞. Ainſi ſoit-il.

Dominus vobiſcum.

Le Seigneur ſoit avec vous.

℞. Et cum ſpiritu tuo.

℞. Et avec votre eſprit.

Surſum corda.

Levez les cœurs en haut.

℞. Habemus ad Dominum.

℞. Nous les avons vers le Seigneur.

Gratias agamus Domino Deo noſtro.

Rendons graces à Dieu notre Seigneur.

℞. Dignum & juſtum eſt.

℞. Nous le devons, & il eſt juſte.

Verè dignum & juſtum eſt, æquum & ſalutare, nos tibi ſemper & ubique gratias agere, Do-

Il eſt véritablement juſte & raiſonnable, il eſt équitable & ſalutaire de vous rendre graces en tous tems & en tout lieu, Seigneur très-Saint, Pere tout-puiſſant, Dieu éternel, par JESUS-CHRIST notre Seigneur, dans lequel vous nous avez accordé l'eſpérance de la bienheureuſe réſurrection; afin que ſi l'inévitable néceſſité de mourir, attriſte la nature humaine, la promeſſe de l'immortalité future encourage & conſole notre foi : car pour vos fidéles, Seigneur, mourir n'eſt pas perdre la vie, mais paſſer à une vie meilleure; & lorſque cette maiſon de terre où ils habitent vient à ſe détruire, ils en acquierent une dans le Ciel, qui durera éternellement. C'eſt pourquoi nous nous uniſſons aux Anges & aux Archanges, aux Trônes, aux Dominations, & à toute l'Armée Céleſte, pour chanter l'Hymne de votre gloire, & dire

mine ſancte, Pater omnipotens, æterne Deus, Per Chriſtum Dominum noſtrum : in quo nobis ſpem beatæ reſurrectionis conceſſiſti, ut dum naturam contriſtat certa moriendi conditio, fidem conſoletur futuræ immortalitatis promiſſio. Tuis enim fidelibus, Domine, vita mutatur non tollitur; & diſſolutâ terreſtris hujus habitationis domo, æterna in cœlis habitatio comparatur. Et ideò cum Angelis & Archangelis, cum Thronis & Dominationibus, cumque omni militia cœleſtis exercitûs, Hymnum gloriæ tuæ canimus, sine fine dicentes : Sanctus, &c.

sans cesse : Saint, &c.

COMMUNION. *Apoc.* 14.

BEati mortui qui in Domino moriuntur : amodo, ut requiescant à laboribus suis ; opera enim illorum sequuntur illos.

HEureux ceux qui meurent dans le Seigneur : ils vont se reposer de leurs travaux ; car leurs œuvres les suivent.

POSTCOMMUNION.

PRosit, quæsumus, Domine, animæ famuli tui *N.* misericordiæ tuæ implorata clementia ; ut ejus in quo speravit & credidit, æternum capiat, te miserante, consortium ; Per Dominum nostrum Jesum Christum, &c.

FAites sentir, ô mon Dieu, à l'ame de votre serviteur *N* les effets de cette miséricorde que nous avons imploré pour elle ; & daignez par votre bonté infinie, l'unir éternellement à celui qui a fait l'objet de sa foi & de son espérance : Nous vous en supplions par Jesus-Christ notre Seigneur, &c.

Le Répons Libera, *& le* De profundis, *ci-devant à la Messe précédente,* pages 126 *&* 127.

FIN.